海明威全集

第五纵队·西班牙大地

The Fifth Columns · The Spain Earth

〔美〕海明威 著

墨 沅 译 俞凌婷 主编

中国出版集团 现代出版社

图书在版编目（ＣＩＰ）数据

第五纵队·西班牙大地 ／（美）海明威著 ；墨沅译
. — 北京 ：现代出版社，2018.6
（海明威全集 ／ 俞凌娣主编）
ISBN 978-7-5143-7120-8

Ⅰ. ①第… Ⅱ. ①海… ②墨… Ⅲ. ①剧本－美国－
现代②纪录片－解说词－美国－现代 Ⅳ. ①I712.35

中国版本图书馆CIP数据核字（2018）第110040号

第五纵队·西班牙大地

著　　者　（美）海明威
译　　者　墨　沅
主　　编　俞凌娣
责任编辑　杨学庆
出版发行　现代出版社
地　　址　北京市安定门外安华里504号
邮政编码　100011
电　　话　010-64267325　64245264（传真）
网　　址　www.1980xd.com
电子邮箱　xiandai@cnpitc.com.cn
印　　刷　三河市金元印装有限公司
开　　本　880mm×1230mm　1/32
印　　张　4.5
版　　次　2019年1月第1版　2019年1月第1次印刷
书　　号　ISBN 978-7-5143-7120-8
定　　价　29.80元

序

　　众所周知，海明威是一个生活经历异常丰富的知名作家，同时也是一个在世界上享誉盛名并且写作风格鲜明的文学大师。海明威复杂的生活经历描绘了他所有作品的故事曲线，也构成了他作品中丰富多彩的主题。

　　首先，就个人浅见，有必要剖析一下海明威的成长经历。海明威出生于美国芝加哥以西的一个郊区城镇，人口并不密集，因此给了海明威一个平静、安逸的童年生活。幼时的海明威喜欢读图画书和动物漫画，听稀奇百怪的故事，也热衷于缝纫等各种家事。少年时期，他更喜欢打猎、钓鱼，内心充满了对大自然的好奇与敬畏，这一点在他多部作品中都有体现。在初中时，海明威为两个文学报社撰写了文章，这为他日后成为美国文学史上一颗璀璨的明星打下了基础。高中毕业以后，海明威拒绝上大学，他到了在美国媒体具有举足轻重地位的《堪城星报》当了一名记者。虽然他只在《堪城星报》工作了 6 个月，但这 6 个月的时间，使他正式开始了写作生涯，并且在文学功底上受到了良好的训练。1918 年，第一次世界大战爆发，海明威不顾家人反对，毅然辞掉了工作，去战地担任了一名救护车司机。战场上的血流成河，令海明威极为震惊。由于多次目睹了战争的残酷，给海明威的创作生涯提供了丰富的素材和灵感。在他早期的小说《永别了，武器》中，他进行了本色创作，揭示了战争的荒唐和残酷的本质，反映了战争中人与人之间的相互残杀以及战争对人的精神和情感的毁灭。1923 年海明威出版了处女作《三个故事和十首诗》，使他在美国文坛崭露头角。1925 年。海明威出版了《在我们的时代里》这一短篇故事系列，显现了他简洁明快的写作风格。继而海明威出版了多部长篇小说和大量的短篇小说，令他成为了美国"迷惘的一代"作家中的代表人物。《老人与海》获得了 1953 年美国的普利策奖和 1954 年的诺贝尔文学奖，将海明威推上了世界文坛的至高点，可以说，《老人与海》是他文学道路上的巅峰之作。

其次，海明威的感情生活错综复杂，给海明威的作品增添了大量的情感元素。海明威有过四次婚姻经历，这些经历赋予了海明威不同寻常的爱情观。司各特·菲茨杰拉德曾打趣道："海明威每写一部小说都要换一位太太。"连他自己都没有想到，竟然一语成谶。世人皆知，海明威有四大巅峰之作，分别是《太阳照常升起》《永别了，武器》《丧钟为谁而鸣》和《老人与海》，在时间上，他的确先后娶了四位太太。据考证，1917 年海明威和一位护士相爱，但是不久后，这位护士便嫁给了一位富有的公爵后代。海明威对爱情始终抱有完美主义，所以这样的结局令海明威无法接受，甚至愤恨。因此，海明威常常将女人比作妖女，这一点在他的多部作品中有所反映。1921 年，海明威与他的第一任妻子哈德莉结婚，但是婚姻观的差异最终使两人分道扬镳。不得不说，哈德莉对海明威的文学创作起到了至关重要的作用。在她的帮助下，海明威学会了法文并结识了著名女作家斯泰因。这段时期，海明威佳作不断，哈德莉却毫无成长，这促使了两人的婚姻关系更加恶劣。1926 年海明威出版了《太阳照常升起》，这部小说使他声名大噪，也间接宣告了海明威与哈德莉婚姻关系的破裂。1927 年，海明威与第二任妻子宝琳结婚，两人在佛罗里达州和古巴过了几年宁静而美满的婚姻生活。海明威在这几年中完成了他的不朽名作《永别了，武器》。然而，没过几年，海明威对宝琳开始厌倦，他遇见了他的第三任妻子——战地女记者玛莎。最开始，海明威以玛莎为荣，并为她创作了《丧钟为谁而鸣》，令人叹息的是，这对最为相配的夫妻也在1948年结束了婚姻关系。海明威的第四任妻子维尔许是一名战时通讯记者，研究分析政治和经济形势，为三大杂志提供背景资料。婚后，维尔许放弃了自己的工作，专心照顾家庭，但这仍未给两人的婚姻关系带来一个美满结局。1961年，海明威在家中饮弹自尽，享年62岁。

对大自然的喜爱之情和对生命的敬畏丰富了海明威小说五彩斑斓的主题，纷然杂陈的情感生活和不同寻常的生活环境造就了海明威作品中跌宕起伏的故事情节。因此，海明威的每篇长篇小说、短篇小说、新闻及书信都有着鲜明的个人风格。海明威用最简洁明了的词汇，表达着最复杂的内容；用最平实轻松的对话语言，揭示着事物的本来面貌。他的每部小说不冗不赘，造句凝练，丝毫没有矫揉造作之感。即使语言简洁，但是海明威的故事线索依然清晰流畅，人物对话依然意蕴丰富。海明威曾这样形容自己的写作风格："冰山在海里移动之所以显得庄严宏伟，是因为它只有八分之一的部分露出水面。"这无疑是个非常恰当的比喻，十分形象地概括了海明威对自己作品的美学追求。海明威最开始创作了众多短篇小说，使他在文坛新秀中占有一席之地，后来《太阳照常升起》的出版，奠定了他在"迷惘的一代"代表作家中的超然地位。"迷惘的一代"是美国两次世界大战期间涌现的一类作家的总称，他们共同表现出的是对美国社会发展的一种失望和不满。他们之所以迷惘，是因为这一代人的传统价值观念完全不再适合战后的世界，可是他们又找不到新的生活准则。海明威将"迷惘"这一形容词表现得淋漓尽致，他用深刻而典型的对话将第一次世界大战后青年的彷徨与迷惘的心声书写出来。可以说海明威的大量文字都散发着战时与战后美国青年对现实的绝望。海明威不止竭尽所能地发挥着对"迷惘"的认知，同时也表现着海明威内心的"硬汉观"。海明威一向以文坛硬汉著称，他是美利坚民族的精神丰碑，代表着美国民族坚强乐观的精神风范。在《老人与海》中海明威用风暴、鲨鱼等塑造了一个"人可以被消灭，但是不可以被打败"的硬汉形象，同时也反映了海明威英勇、坚定的生活态度。海明威的众多作品中不仅充斥了"迷惘""硬汉"等思想，不可忽视的还有他对自然与死亡的理解。作为一个对生命有着独特理解的文学大家，海明威形成了对死亡的坦荡、豁达的人生态度。《午后之死》就明确指出："所有的故事，要深入到一定程度，都以死为结局，要是谁不把这一点向你说明，他便不是一个讲真实故事的人。"海明威想要表达"死亡是人生的终点，任何人不可逃避"这一观点。《老人与海》中也有海明威对自然生态的想法，海明威利用圣地亚哥、环境、鱼类的关系形象地阐述了：人不能过于追求物质享乐，要尊重自然、节省资源、保护生态环境，才能达到人与自然的和谐。总之，海明威光彩夺目的主题思想和艺术风格都在探究着人类文明进程中对生命的思考。

海明威的创作经历了一个复杂的发展变化过程。在海明威早期的作品中，海明威表达对西方资本主义日趋腐朽的绝望和内心痛恨战争的不满情绪，文字中蕴藏着一种悲观和颓废的色彩。海明威在创作中期才改变了这种思想，开始对西方资本主义和战争的本质有了新的认识，这是海明威心理历程上的一个重大发展。海明威的后期作品依旧延续着早、中期的写作风格和迷惘情绪，但是却比早、中期的作品反映的情绪更加明显。值得一提的是，海明威的创作中也充斥了大量的意识流和含蓄表达，从而使读者在真假变换中感受到人物或强烈、或浪漫的内心世界。

为了方便海明威文风的欣赏者了解海明威，我们特出版海明威全集系列丛书，内包含海明威的多部小说、书信、新闻稿、诗等作品。读者可从中感受到海明威享受心灵的自由却求索不得的无奈，也可感受到海明威对内心对生命最强烈的回响。海明威的作品无论在中心思想层面，还是语言风格都有其独到之处，因此他的作品读来令人回味无穷。对于欣赏者来说，要具备独特的艺术鉴赏力和审美修养才能发掘海明威"海面下的宏伟冰山"，从而产生更多对生命的思考。

目　录

第五纵队

西班牙大地

第五纵队

主要人物

费利普·洛林茨：西班牙内战期间，西班牙共和政府保卫局的肃
　　　　反工作人员，名义上是美国某报社驻西班牙马德里的战地
　　　　记者。

特洛西·布勒齐思：毕业于美国贵族女校的新闻记者，抱着游戏
　　　　人生的态度，跑到西班牙做战地新闻采访。

迈克斯：国际反法西斯战士，曾经在德国法西斯的政权下受过酷
　　　　刑。现在是西班牙共和政府军的间谍，在弗朗哥叛军的前线
　　　　和后方活动。

安东尼：西班牙共和政府保卫局总部的领导人，迈克斯和费利普
　　　　的上级。

阿妮塔：摩尔人，妓女，是个西班牙共和政府的拥护者。

经理：马德里佛罗里达旅馆的经理。

时间

1937 年，西班牙内战期间

地点

西班牙首都马德里

— 3 —

第一幕　第一场

晚上7：30。在马德里的佛罗里达旅馆一楼的走廊。109室的门上贴着一张大白纸，上面写着"工作中，请勿打扰"。两个年轻女人和两个穿着国际纵队制服的士兵穿过走廊。其中一个女人停下来看那张纸。

第一个士兵　走啦，我们时间不多了。

　　女人　上面写什么？

　　士兵　[另外一对男女已经走到走廊的尽头] 上面写什么又有什么关系呢？

　　女人　别这样，读给我听听。对我好一点儿，用英语读给我听啊。

　　士兵　原来我碰到这么一位喜欢文学的。见鬼去吧，我不想给你读。

　　女人　你可真坏。

　　士兵　没人要求我要好啊。[他晃晃悠悠地走开了些，看着她说] 我看起来很好吗？你知道我刚从哪里回来的吗？

　　女人　我才不关心你从哪回来的呢。你们全从一些可怕的地方来，也全都会回去。我要的只是请你帮我读读那纸上写的是什么。如果你不想，就走吧。

士兵　我给你读，"工作中，请勿打扰"。

　　　　［那个女人毫无感情地大声干笑了几声］

女人　我也要给自己弄这么一张纸。

　　　　　　　－落幕－

第一幕　第二场

第二场即将开幕，场景是 109 号房间里面。房间里有一张床，旁边有床头柜和两张铺着棉质印花垫子的椅子，一个带镜子的大立柜，还有一张桌子，桌子上放着一台打字机。打字机旁边有一台便携式维克多牌留声机。一只暖烘烘的电火炉，一个金发美女坐在其中一张椅子上，背对着台灯读书，台灯边上还有一张照片。在她身后有两扇已经拉上窗帘的大大的窗户，墙上有马德里的地图，一个看起来大约 35 岁的男人正在研究这幅地图。他上身穿着一件皮夹克，搭配一条灯芯绒裤，蹬着一双满是泥污的靴子。这位叫作特洛西·布勒齐思的年轻女士眼神并没有从她的书上移开。

特 洛 西　　[用非常有修养的声音] 亲爱的，有件事你真的需要做，就是进来之前将你的靴子清理干净。[这个男人名字叫罗伯特·布莱斯顿。还在继续看着地图] 还有亲爱的，别把你的手指头放在上面，你会弄脏它的。[布莱斯顿继续看着地图] 亲爱的，你见到费利普了吗？

布莱斯顿　　哪个费利普？

特 洛 西　　我们的费利普。

布莱斯顿　　[仍然看着地图] 我从格兰维亚街上过来的时候，我们的费利普正坐在奇科特酒吧里和那个咬过罗杰斯的摩尔女人①在一起。

---

①　摩尔人，是阿拉伯人和柏柏尔人的混血人种，曾一度统治西班牙。

特　洛　西　他在干什么坏事吗？

布莱斯顿　［仍然看着地图］目前还没有。

特　洛　西　他会去干的，他精力非常充沛的，而且那么有
　　　　　　活力。

布莱斯顿　奇科特酒吧的酒①越来越糟糕了。

特　洛　西　亲爱的，这个笑话非常无聊。我希望费利普可以
　　　　　　过来。我很无聊，亲爱的。

布莱斯顿　别变成一个烦人的瓦萨②婊子。

特　洛　西　请不要骂人，至少目前我还不是。另外，我也不
　　　　　　是个典型的瓦萨人，在那里他们教我的所有东
　　　　　　西，我都不明白。

布莱斯顿　那你明白这里正在发生的事情吗？

特　洛　西　不明白，亲爱的。我只是知道一些关于大学城的
　　　　　　事情，但也不多。"田园之家"对于我来说就完
　　　　　　全是个谜了，还有由塞拉和卡拉万切尔③，这些
　　　　　　地方太恐怖了。

布莱斯顿　上帝，有时候我真不知道自己为什么爱你。

特　洛　西　我也不明白我为什么爱你，亲爱的。我认为我考
　　　　　　虑得太不周全了，这仅仅是我养成的一种坏习惯
　　　　　　而已。费利普可就幽默多了，也活泼多了。

布莱斯顿　他幽默，好吧。你知道昨晚奇科特酒吧关门前，
　　　　　　他做了些什么吗？他拿了一个痰盂，然后拿着这
　　　　　　个痰盂到处给人赐福。你知道如果那里面的水酒
　　　　　　到别人身上，他很可能会被人一枪给杀了。

---

① 本句的"酒"原文是"spirits"，同上面的精力充沛"good spirits"一致。
② 瓦萨学院是位于美国纽约州的著名女子学院。
③ "大学城""田园之家""由塞拉"和"卡拉万切尔"都隶属西班牙首都马德里。

特 洛 西　但是他一直没有啊，我还是希望他会来。

布莱斯顿　他会来的，只要奇科特酒吧一关门，他就来了。

　　　　　〔敲门声〕

特 洛 西　是费利普。亲爱的，是费利普。〔门开了，旅馆经理走进来。他是一个又矮又胖，皮肤黑黢黢的男人，说一口腔调很怪的英语，喜欢集邮〕哦，是经理。

经　　理　您觉得还舒适吧，布莱斯顿先生？女士，现在您觉得怎么样？我过来是想问问你们有没有不合胃口的东西。一切都很好，每个人都能感到特别舒服吗？

特 洛 西　一切都很好，现在电火炉也装好了。

经　　理　有了电火炉，麻烦也就不断了。电气是一门至今都没有被工人掌握的科学，而且那个工人把自己喝得更笨了。

布莱斯顿　看来那个工人并不是十分的聪明。

经　　理　聪明，但是他总是酗酒。而且在喝酒之后精神很快就不能集中到电工上了。

布莱斯顿　那你还留着他干什么？

经　　理　他是委员会的电工。坦白地讲，这像是一场灾难。现在，他正在113室跟费利普先生喝酒呢。

特 洛 西　〔欢快的样子〕这么说，费利普回家了。

布莱斯顿　不仅仅是回家。

特 洛 西　你想表达什么？

经　　理　这在女士面前难以启齿。

特 洛 西　给他打电话，亲爱的。

布莱斯顿　我不打。

特　洛　西　那我打。［她从墙上拿起电话来］喂，你好，费
　　　　　利普？不，请你现在过来一下。是的，现在。
　　　　　［她把电话挂上］他会过来。

经　　　理　我真想他先别过来。

特　洛　西　费利普是个不可思议的人。虽然他确实跟那些可
　　　　　怕的人来往，但是我不明白他为什么这么做呢？

经　　　理　我另外找个时间过来吧。也许你收到很多不合胃
　　　　　口的东西，但在那些挨饿的缺少食物的家庭会受
　　　　　到欢迎的。再次谢谢你，再见。［他走出去，正
　　　　　好赶上费利普过来，差点在走廊里撞在他身上。
　　　　　听到他在门外说］下午好，费利普先生。

费　利　普　［一个深沉的嗓音愉快地说道］敬礼，集邮家的
　　　　　先生。最近有没有弄到什么值钱的新邮票？

经　　　理　［用非常平静的声音］没有，费利普先生。最近
　　　　　都是一些贫穷国家来的人们，都是些美国的五分
　　　　　票和法国的三法郎五十分票。需要些在新西兰的
　　　　　同志写来的航空信。

费　利　普　哦，他们快来了。只是现在我们在一个萧条的时
　　　　　代。炮火打搅了这个旅游季节的活动。等战事没
　　　　　那么紧张了就会有许多旅行团来的。［用低沉的
　　　　　不是开玩笑的声音说］你想什么呢？

经　　　理　总是有点不安心。

费　利　普　别担心，一切已成定局了。

经　　　理　我仍然还有点担心。

费　利　普　放松点。

经　　理　你要小心，费利普先生。

[费利普先生进门。他身材高大，精神饱满，穿着橡胶高筒靴]

费 利 普　敬礼，不讲理的布莱斯顿同志。敬礼，无聊的布勒齐思同志。你们两位同志好啊？让我来给你们介绍一位电工同志。请进，马可尼同志，别在外面站着了。[一个烂醉如泥的瘦小的电工，他穿着一条脏兮兮的蓝色工装裤、一双帆布鞋，戴着一顶蓝色的贝雷帽，走进门来]

电　　工　敬礼，同志们。

特 洛 西　呃，是。敬礼。

费 利 普　还有一位摩尔同志，应该说是唯一的一位摩尔同志，几乎是个独一无二的摩尔同志。她非常的害羞。请进，阿妮塔。

[进来一位来自秋塔的轻浮的摩尔妓女，她肤色黝黑，有着健美的体格，头发卷曲，看起来非常有野性，并不显得害羞]

摩尔妓女　[防御地] 敬礼，同志们。

费 利 普　这个就是那次咬了弗农·罗杰斯的同志。他让弗农·罗杰斯在床上躺了三个礼拜。咬得可是真狠哪。

特 洛 西　费利普，亲爱的。你应该给这位同志戴上口罩，正好她现在在这里，你认为呢？

摩尔妓女　侮辱我①。

———————————

① 她说的英文文法不规范。

费 利 普 　这位摩尔同志在直布罗陀①学的英文。直布罗陀是一个可爱的地方。在那里我有过一次最不寻常的经历。

布莱斯顿　我们别听他说这些。

费 利 普 　你如此令人失望，布莱斯顿。你这样是不符合党的方针政策的。你一直耷拉着的脸已经过时了，你知道实际上我们正处在一个令人兴奋的时代。

布莱斯顿　我不想跟你说你不懂皮毛的事情。

费 利 普 　好了，我看用不着事事令人不顺心。给这位同志上一些点心怎么样？

摩尔妓女　［冲着特洛西］你找了个好地方。

特 洛 西 　你喜欢这里就好。

摩尔妓女　你是怎么留在这里的，没有被撤离吗？

特 洛 西 　我就这么待下来了。

摩尔妓女　你吃得还好吗？

特 洛 西 　不是都很好，但是我们从大使馆的邮包里带来了些巴黎的罐头食品。

摩尔妓女　你，什么？大使馆的邮包？

特 洛 西 　罐头食品，你知道，一些炖兔肉、鹅肝酱。有些是我们从局里弄来的，实在是非常美味的焖鸡胸。

摩尔妓女　你是在说笑吗？

特 洛 西 　哦，不，当然不是。我的意思是我们吃的就是那些东西。

摩尔妓女　我喝汤水。［她带着敌意地盯着特洛西］怎么了，

---

① 欧洲伊比利亚半岛南端的城市和港口。

你不喜欢我的样子，你认为你比我好看？

特 洛 西　当然不是。我很可能非常难看。布莱斯顿会对你
　　　　　说我难看得无与伦比。但是我们没有必要相互比
　　　　　较，是不是？我的意思是，处于战争时代，你知
　　　　　道我们是为了一个目标而努力的。

摩尔妓女　如果你敢那么想，我会把你的眼珠子挖出来的。

特 洛 西　[恳求地，但是非常没精打采地] 费利普，请你
　　　　　跟你的朋友聊聊，让她开心点。

费 利 普　阿妮塔，听我说。

摩尔妓女　好的。

费 利 普　这位特洛西是个非常讨人喜欢的女士……

摩尔妓女　这行当没有讨喜的女人。

电　　工　[站起身来] Camaradas me voy.（西班牙语）

特 洛 西　他说什么？

布莱斯顿　他说他要走了。

费 利 普　别听他的，他总这么说。[冲着电工] 同志，你
　　　　　必须留下来。

电　　工　Camaradas entonces me queto.（西班牙语）

特 洛 西　什么？

布莱斯顿　他说那他就留下不走了。

费 利 普　这样才对嘛，老家伙。你不会匆匆走了，离开我
　　　　　们的，是不是？不会的，相信电工同志是可以一
　　　　　直坚持的。

布莱斯顿　我以为补鞋匠才能一直坚持呢。

特 洛 西　亲爱的，如果你再开这样的玩笑，我会离开你
　　　　　的，我保证。

摩尔妓女	听着，所有的时间都在说话，没时间干其他事情了。我们待在这里干什么呢？［冲着费利普］你跟我一起，是不是？
费 利 普	你事情做得太绝了，阿妮塔。
摩尔妓女	回答我。
费 利 普	呃，那么，阿妮塔，我只能说否①。
摩尔妓女	你想表达什么？是拍照吗？
费 利 普	你觉着有什么关联吗？照相机，拍照，底片？有意思，是不是？你真是太单纯了。
摩尔妓女	你说拍照片什么意思？你觉得我是间谍吗？
费 利 普	不是，阿妮塔，请你公平点。我的意思只是我不能跟你在一起了，不仅是现在。我的意思是我们多多少少需要从现在开始分手了。
摩尔妓女	不？你不跟我在一起了？
费 利 普	不，我的美女。
摩尔妓女	你想要跟她在一起。［冲着特洛西点点头］
费 利 普	不一定。
特 洛 西	这个可是必须好好地讨论讨论。
摩尔妓女	好，我得挖出她的眼珠子来。［她走向特洛西］
电　　　工	Camaradas tengo que trabajar. （西班牙语）
特 洛 西	他说什么？
布莱斯顿	他说他必须要回去工作了。
费 利 普	哦，别搭理他。他有很多不同寻常的主意。那是他的手段。
布莱斯顿	他说他不识字也不会写字。

---

① 原文是 negative，做否定讲，另外还指底片。

费利普	同志，我说。我的意思是，说真的，你知道，如果我们都没有上过学，我们也会陷入相同的处境，千万别多心，老朋友。
摩尔妓女	［对着特洛西］好，我认为，是的，就这样吧。谢谢，再见。加油，加油。是的，好吧，只有一件事。
特洛西	是什么事，阿妮塔。
摩尔妓女	你去把那张纸撕下来。
特洛西	哪张纸？
摩尔妓女	贴在门上面那张。一直是工作时间，这样不合理。
特洛西	我从上大学开始就会在门上贴这么一张纸，但是根本不代表什么。
摩尔妓女	你把它拿下来！
费利普	她当然会拿下来。你会吧，特洛西？
特洛西	当然，我会把它拿下来。
布莱斯顿	你从来不工作。
特洛西	是，亲爱的。但是我希望工作。我将尽快为《四海为家》杂志写一篇文章，等到我能明白更多东西的时候。
	［窗外，街道上传来一声巨响。接着传来一阵非常急促的鸣笛声，之后又是一声巨响。你能听见砖块钢筋和玻璃噼里啪啦坠落的声音。］
费利普	他们又开始打仗了。［他说得非常平和冷静］
布莱斯顿	这帮狗娘养的。［他说得非常暴躁和焦虑］
费利普	你最好把窗户都打开，布勒齐思，我的姑娘。现在窗户玻璃非常紧俏，而且冬天马上就要来了，你知道的。

摩尔妓女 你把那张纸拿下来了？〔特洛西走到门口，把纸拿下来。拿一把指甲锉子把图钉起下来，把纸递给阿妮塔。〕

特 洛 西 你留着吧，图钉也都给你了。〔特洛西走到电灯边上，把灯关上了。然后把两扇窗户打开。这时候传来一声巨大的像弹奏班卓琴发出的急促声响，像一列疾驰而来的火车或者地铁向你冲过来。接下来，第三次巨大的爆炸，碎玻璃像雨点一样纷纷落下来。〕

摩尔妓女 你是个好同志。

特 洛 西 不，我不是，但我希望我是。

摩尔妓女 对我来说你是。

〔她们肩并肩地站在走廊里，灯光从开着的门里射进来照着她们。〕

费 利 普 把窗户打开了，才没让玻璃被炮声震碎。你能听到炮弹离开炮口的声音。注意听下一次。

布莱斯顿 我讨厌这个炮声不断的糟糕晚上。

特 洛 西 上一次炮击过去多长时间了？

费 利 普 刚过去一个小时。

摩尔妓女 特洛西，你说我们进防空洞会不会好点呀？

〔一阵班卓琴被拨动的巨响……静了一下，接着又是一阵更巨大急促的响声，这次感觉更近了些。随着彻底的爆炸，屋子里充满了浓烟和砖块〕

布莱斯顿 见鬼去吧，我待在地下室。

费 利 普 这间房子有着出色的角度，真的。我说正经的，我可以去街上指给你们看。

特 洛 西 我想我还是待在这里，无论你待在哪里都没什么差别。

电　　工　Camaradas，no hay luz！（西班牙语）［他声音大得用几乎已然了解的语调说出这句话，突然站起来，大大地张开他的胳膊。］

费 利 普　他说这里没有一丝光亮，你知道这个老家伙开始变得非常耸人听闻了，像个电气希腊合唱队，或者说希腊电气合唱队。

布莱斯顿　我要离开这里。

特 洛 西　那么，亲爱的，你是不是应该带着电工和阿妮塔跟你一起走？

布莱斯顿　跟我一起来吧。

　　［他们走的时候又一颗炮弹飞进来了，这个炮弹还真是威力强大］

特 洛 西　［他们站着，听到爆炸后砖和玻璃咔啦咔啦落下的声音］费利普，咱们站的角度真的安全吗？

费 利 普　这跟其他地方一样安全。真的，"安全"不是个合适的词，"安全"再也不是一个可以令人感兴趣的词了。

特 洛 西　我感觉跟你在一起很安全。

费 利 普　试着检查一下，这是个恐怖的表达。

特 洛 西　但是我没有办法。

费 利 普　再努力一下吧，这才是个好姑娘。［他走到留声机前，放上一张肖邦的C小调玛祖卡舞曲，第33号作品第4段。他们在电火炉产生的微弱光亮中听着音乐］

费 利 普　这曲子非常轻柔和传统，而且十分的美。

　　［接着传来从加拉维达斯山发射的如班卓琴发出的沉重的枪炮声，窗外街上枪弹呼啸而过然后爆

炸，使得窗外火光一片]

特 洛 西　哦，亲爱的，亲爱的，亲爱的。

费 利 普　[抱着她] 你不能换一个称呼词吗？我经常听你
这么称呼其他人。

[听到一辆救护车呼啸而过的声音，接下来的一
片寂静里，留声机里还播放着这首祖玛卡舞
曲……]

－落幕－

第一幕　第三场

　　佛罗里达旅馆的 109 号和 110 房间。阳光从开着的窗户洒进来。两个屋子中间有一扇开着的门，门框上钉着一幅很大的战争宣传画，以至当门开着的时候这幅画正好挡住了门口。不过门仍然能够打开。现在门是开着的，宣传画像一个大大的纸门帘在两个房间中，离地面大约有两英尺。109 室，特洛西正躺在床上酣睡。110 室，费利普·洛林茨正坐起来看着窗外。窗外传来卖报人的吆喝声：索尔报！利伯塔德报！A．B．C．晚报！接着是一辆摩托车经过发出的喇叭声，然后远处传来嗒嗒嗒机枪的开火声。

费 利 普　[伸手去拿电话] 请把早上的报纸送过来。对，所有的。[他环顾了一下房间，接着眼光望向窗外。他看着那幅战争宣传画，清晨明媚的阳光照耀着这幅画，使它显得透明] 不。[摇摇头] 不喜欢这样，早晨起得太早了。[一阵敲门声] 进来。[又一阵敲门声] 进来！进来！
　　　　　　[门打开，是旅馆经理两手抱着报纸]

经　　理　早上好，费利普先生。多谢您，再次跟你说早上好。昨天晚上很恐怖啊！

费 利 普　每天晚上都会发生恐怖的事情，令人害怕。[他笑了笑] 让我看看报纸。

— 19 —

经　　理　别人告诉了我来自阿斯图里亚斯①的坏消息，那里几乎全完了。

费 利 普　［继续浏览报纸］可是报纸上没写。

经　　理　是的，但是我清楚你早就知道的。

费 利 普　安静点。我说，我什么时候住进这个房间的？

经　　理　你不记得了，费利普先生？你不记得昨天晚上发生什么了吗？

费 利 普　是啊，我不记得了，你大致跟我说说也许我可以想得起来。

经　　理　［用非常吃惊的语气］你真的不记得了吗？

费 利 普　［兴高采烈地］一点也记不得了。傍晚小小的轰炸，奇科特酒吧。是的，带着阿妮塔出去玩了一会儿。但愿我没让她为难吧？

经　　理　［摇摇脑袋］不，不。不是和阿妮塔。费利普先生，您想不起丝毫跟布莱斯顿相关的事情了？

费 利 普　对了，这垂头丧气的家伙在做什么？没自杀吧，我希望是。

经　　理　你忘记你把他扔到街上去了吗？

费 利 普　从这里吗？［他在床上望向窗外］窗外有什么他留下的痕迹吗？

经　　理　不是，是昨天晚上很晚的时候，你从部里拿公报回来进门的时候。

费 利 普　他受伤了吗？

经　　理　缝针了，缝了几针。

---

① 西班牙西北部一地名，1937 年 10 月下旬被弗朗哥的叛军占领。

费 利 普	你怎么不阻止我？你为什么允许这种事情发生在这个名声很好的旅馆？
经　　理	然后你就霸占他的房间。［哀伤地责备道］费利普先生！费利普先生！
费 利 普	［非常兴高采烈但是略带迟疑］可是今天是令人愉快的一天，不是吗？
经　　理	哦，是啊，今天是个适合去郊外野餐一天的好天气。
费 利 普	那么布莱斯顿做了什么呢？你很清楚，他身体可是非常棒的，现在却死气沉沉的。一定是好好挣扎了一番吧？
经　　理	他现在在另外一个房间呢？
费 利 普	哪一间呢？
经　　理	113号，你原来住的那间。
费 利 普	然后我住在这里了？
经　　理	是的，费利普先生。
费 利 普	那个令人讨厌的东西又是什么？［看着门中间那个泛着光的宣传画］
经　　理	那是一幅非常漂亮的爱国宣传画，非常有意义，从这里只能看到背面。
费 利 普	那么，它遮住什么了？通向什么地方？
经　　理	通向女士的房间，费利普先生。你现在有一间像幸福的新婚夫妻一样的套房了。我过来看看是否一切都好，你需要任何东西都可以打电话告诉我。恭喜您，费利普先生。再一次地恭喜您。
费 利 普	门可以从这一边闩上吗？

经　　理　当然可以，费利普先生。

费 利 普　那么闩上门出去，并让他们给我端些咖啡来。

经　　理　是的，先生，费利普先生。别辜负这样美好的一天啊。［接着匆忙说］拜托，费利普先生。也请记得马德里现在的食物供应情况。如果有任何机会有多余的食物，无论什么种类，无论多少数量，总是有需要的家庭，那些家庭总是缺少任何东西。现在家里总共 7 口人，费利普先生，你怎么也不会相信的，我佩服我自己竟然阔气地供养我的丈母娘。她什么都吃，没有她不适合的食物。还有一个 17 岁的儿子，他曾经是蛙泳冠军。你知道为什么叫蛙泳吗？身体像这样……［他比画了一个硕大无比的胸部和胳膊］他吃起来，费利普先生，你是根本不会相信的。他也是个吃饭的冠军，你应该看看。这不过是 7 口人中的两个而已。

费 利 普　让我看看我能找到些什么？你得去我的房间拿。如果有任何电话打进来，接到这个房间来。

经　　理　谢谢你，费利普先生。你有一副像这街道一样开阔的心肠。现在外面有两位同志要见您。

费 利 普　叫他们进来。

［在他们说话的时候，特洛西·布勒齐思一直处于熟睡中。在费利普和经理的第一次对话中，她一直没被吵醒，只是在床上轻轻扭动了一下。现在两个房间中的门被闩上，并且锁好了，什么也听不见了。］

［进来两个穿国际纵队制服的同志］

同 志 甲　是的，他逃走了。

费 利 普　你说他逃走了，是什么意思？

同 志 甲　他走了，这就是全部意思了。

费 利 普　［非常迅速地］怎么逃走的？

同 志 甲　你告诉我他怎么走的？

费 利 普　别跟我来这一套。［转向同志乙，用非常严肃的声音］到底是什么情况？

同 志 乙　他走了。

费 利 普　那么，你当时在哪里呢？

同 志 乙　在电梯和楼梯之间。

费 利 普　［冲着同志甲］你呢？

同 志 甲　整晚都在门外。

费 利 普　那么你什么时间离开的这个位置。

同 志 甲　我没离开过。

费 利 普　你最好再仔细想想。你知道你在拿什么冒险，是不是？

同 志 甲　我感到十分抱歉，但是事情的全部就是他现在已经走了。

费 利 普　哦，不，不是，我的小伙子。［他拿起电话，报出了一串号码］九七〇〇〇。是的，请找安东尼。是的。他还没到那儿？不，请派人到佛罗里达旅馆 113 号房间带走两个人。对，拜托。是的。［他挂起电话］

同 志 甲　可我们就做过这些……

费 利 普　别着急，实际你们真的需要编一个好点的故事。

同 志 甲	除了我刚才告诉你的，这里再也没有发生其他故事了。
费 利 普	慢慢来，别着急。坐下再好好想想。记住，你们明明就是在那个旅馆里看着他的。过不了你这一关，他哪里也去不了。［他读着报纸，两个同志闷闷不乐地站在旁边，他甚至都不看他们一眼］请坐吧，让你们自己舒服点吧。
同 志 甲	同志，我们……
费 利 普	［还是不看他］别用这个词。
	［两个同志彼此看了看对方］
同 志 甲	同志……
费 利 普	［放下手上的报纸，拿起另外一份］我已经告诉过你们，别再用那个词。从你的嘴里说出来一点也不好听。
同 志 甲	政委同志，我们想说的是……
费 利 普	别废话了。
同 志 甲	政委同志，你必须听我说。
费 利 普	我等一会儿再听你说。不要担心，我的小伙子。我会听你说的。不过你刚刚进来的时候口气听起来非常傲慢。
同 志 甲	政委同志，请听我说，我想告诉你。
费 利 普	你把我要的人放走了。你把我必须要的人放走了。你把一个将要去杀人的人放走了。
同 志 甲	政委同志，求求你了……
费 利 普	求求你，从一个军人嘴里说出这样的词来，听起来还真是滑稽。

同志甲　我不是一个职业军人。

费利普　当你穿上军装那一刻你就是一个军人。

同志甲　我来是为理想而战的。

费利普　那简直再好不过了。现在，让我来告诉你们一些事情。你说你是为理想而战的，然而你却因为一次打击就感到恐惧。你不喜欢枪炮声，可人们却被杀害了……你也不喜欢看到死人……于是你开始害怕死亡……你朝自己的手或者脚开了一枪借此来逃避战争，因为你不能承受。那你就要因此而挨枪子了，你的理想无法救赎你，兄弟。

同志甲　但是我打仗很出色的。我并没有自己打伤自己。

费利普　我并没说你曾经干过。我只是尝试给你们解释一些事情。但是我想，我没有给你们讲清楚。我在想，你知道，你放走的那个人会去做什么事情？我怎么做才能在他杀人前抓住他，再次把他放进这个好地方呢？你看，我非常需要他，希望他仍然在这里。然而你却让他跑了。

同志甲　政委同志，如果你不相信我……

费利普　是的，我不相信你，并且我也不是一个政委。我是一个警察。我不相信任何我听到的，即便亲眼看到的也只相信那么一点点。你说什么，相信你？听着，你运气不好。我不得不查清楚你是不是故意放走他的，我真希望不是这样。［他给自己倒了一杯酒］如果你们足够聪明的话，你们也会不希望是这样。即便你们不是故意这么做的，造成的后果也是完全一样。关于任务，你不得不完成。关于命令，你必须要执行。有足够的时间的话，我愿意给你们解释纪律其实是仁慈的。但是我解释问题的能力并不是很好。

同志甲　　求求你，政委同志……

费利普　　你再多用一次这个词，就要激怒我了。

同志甲　　政委同志。

费利普　　闭嘴！我开始没礼貌了，看到没有？我不得不一直这么有涵养，我已经厌倦了它了，并且它们让我很烦。我不得不在我老板面前跟你对话。不要再提政委同志了。我是个警察。你现在跟我说的话没有任何意义。你知道你看我也没有用的。如果你们不是有目的有计划那么做的，我也不会太担心。你看，我只是需要弄明白。我实话告诉你吧，如果你不是有目的这么做的，我会帮你承担一部分责任。[响起敲门声] 请进。[门开了，出现两名突击队员，身穿蓝色制服，头戴平顶军帽，背着步枪]

队员甲　　A sus órdenes mi comandante. ①

费利普　　把这两个人带到保卫局，随后我会找他们谈话。

队员甲　　A sus órdenes. ②

　　　　　[第二个同志走向门口，他让罪犯举起胳膊，上上下下地搜身，看看是否携带了什么武器]

费利普　　他们两个全部携带了武器，缴械然后带走。[冲

---

① 西班牙语，奉命前来，我的指挥官。
② 西班牙语，遵命。

着两个同志] 祝你们好运。[他讽刺地说] 希望你们能完好地走出来。

[四个人都走出去了，听到走廊里他们越走越远的声音。在另一间房间，特洛西·布勒齐思在床上动弹了一下醒来，打了个哈欠，然后伸了个懒腰，伸手去按床头的服务铃。接着听到铃声响起来了。费利普也听到了铃声。这时候有人敲他的房门]

费利普 进来。

[走进来的是经理，他非常烦躁]

经　理 两个同志被逮捕了。

费利普 最起码有一个是坏透了的同志，另外一个可能没有任何问题。

经　理 这两天你身边发生太多事情了。作为朋友我想告诉你，尽量低调点，一下子发生太多事情向来不是什么好事。

费利普 不，我觉得不会。今天是美好的一天，对不对，对不对？

经　理 我告诉你现在应该做什么？今天你应该去郊外远足和野餐。

[旁边的特洛西·布勒齐思已经起床穿上衣服和拖鞋了。她走进了浴室里，当再次出来的时候正梳着头发，她的头发美极了。她走过来坐到床边，前面是电火炉，继续梳着头发。未施粉黛的她，看起来年轻漂亮。她又拉响服务铃。女仆走进来，她是个60岁左右的老女佣，穿着蓝色的

衬衫，系着围裙]

女　仆　　可以进来吗？

特洛西　　早上好，帕塔拉。

帕塔拉　　您好，小姐。

　　　　　[特洛西回到床上，并把餐盘放在床上]

特洛西　　帕塔拉，有鸡蛋吗？

帕塔拉　　没有，小姐。

特洛西　　你妈妈身体好点了吗？帕塔拉。

帕塔拉　　没有，小姐。

特洛西　　你去拿个杯子和我一起喝杯咖啡吧，快点。

帕塔拉　　等您吃完了我再喝吧，小姐。昨天晚上打炮的时
　　　　　候这里非常恐怖吧？

特洛西　　哦，还算令人愉快。

帕塔拉　　小姐，您这么说可怕的事情。

特洛西　　是啊，但是帕塔拉，确实很有意思。

帕塔拉　　在普罗格莱索，我们那区，一层楼就死了 6 个
　　　　　人。今天早上他们被抬出去了，窗户上的玻璃全
　　　　　碎了，落在街上。这个冬天那里再也不会有玻璃
　　　　　窗户了。

特洛西　　这里一个人都没有死。

帕塔拉　　先生准备好吃早餐了吗？

特洛西　　先生不再在这里了。

帕塔拉　　他上前线了吗？

特洛西　　哦，不是。他从来不会上前线去的。他只是写写
　　　　　那些事情。这有另外一位先生在。

帕塔拉　　[伤感地] 是谁啊？小姐。

特 洛 西　［开心地］费利普先生。

帕 塔 拉　哦，小姐。这真是太可怕了。［她哭着走出去］
　　　　　特洛西［冲着她的背影喊］帕塔拉，哦，帕
　　　　　塔拉。

帕 塔 拉　［顺从地］是，小姐。

特 洛 西　［喜悦地］去看看费利普先生是不是起床了。
　　　　　［帕塔拉走到费利普先生的门前，敲门］

费 利 普　进来。

帕 塔 拉　小姐让我过来看看您起床了没有。

费 利 普　没有。

帕 塔 拉　［在另外一扇门前］先生说他还没起床。

特 洛 西　告诉他过来吃点早餐。帕塔拉，拜托了。

帕 塔 拉　［在另外一扇门前］小姐请您过去吃早餐，但是
　　　　　那里早餐也并不是太多。

费 利 普　你告诉小姐我没有早餐的习惯。

帕 塔 拉　［在另外一扇门前］他说他没有吃早餐的习惯，
　　　　　但是我知道他吃起来比三个人吃得还要多。

特 洛 西　帕塔拉，他也太难伺候了。跟他说别这么无聊
　　　　　了，请他过来吧。

帕 塔 拉　［在另外一扇门前］她说要您过去。

费 利 普　这是什么话？什么话？［他穿上衣服和拖鞋］这
　　　　　也太小了，一定是布莱斯顿的。这件睡袍倒是
　　　　　错，最好可以跟他买过来。［他把报纸放在一起，
　　　　　打开门，走进另一间房子。一边推开门一边在门
　　　　　上敲了两下。］

特 洛 西　请进。哦，原来是你啊。

费　利　普　你不觉得这真的有点不合规矩吗？

特　洛　西　费利普，亲爱的你真傻。你刚刚在哪里啊？

费　利　普　在一间非常陌生的屋子里。

特　洛　西　你怎么到那里的？

费　利　普　不知道。

特　洛　西　你什么都不记得了吗？

费　利　普　我想起一些把什么人扔出去了的屁话。

特　洛　西　那是布莱斯顿。

费　利　普　真的吗？

特　洛　西　是的，千真万确。

费　利　普　我们必须得把他给找回来，这样对待他太粗
　　　　　　鲁了。

特　洛　西　哦，不，费利普。不，他永远地离开了。

费　利　普　这真是一个恐怖的词，永远。

特　洛　西　[毅然决然地] 永远。

费　利　普　更加糟糕的词，让我不寒而栗。

特　洛　西　不寒而栗是什么意思，亲爱的？

费　利　普　可以说是超级恐怖，你知道的。一会儿你看见他
　　　　　　们了，一会儿又看不见了，他们随时都有可能从
　　　　　　哪个角落里跳出来。

特　洛　西　你经历过这些吗？

费　利　普　哦，是的。我什么事情都经历过。我记得那一
　　　　　　次，是一队海军陆战队员，突然闯进我的屋子
　　　　　　里。[费利普小心翼翼地坐在床上]

特　洛　西　费利普，你必须答应我一些事情。你不能再没有
　　　　　　任何人生目标地继续去喝酒了，也不做些实际的

事情。你不是仅仅只想做个马德里的花花公子吧？

费 利 普　马德里的花花公子？

特 洛 西　是啊，混在奇科特和迈阿密酒吧。还有大使馆、部里和弗农·罗杰斯的公寓，还有那个讨人厌的阿妮塔。不过那个大使馆才是真正最坏的地方。费利普，你不是花花公子，对吧？

费 利 普　还有什么吗？

特 洛 西　就这些了。你可以去做些严肃正派的事情，你可以勇敢冷静地做些好事。你知道如果你继续和那些不正派的人从一家酒吧混到另一家酒吧会发生什么吗？你有可能被枪杀的。有一个晚上一个男人在酒吧被人开枪打死了。真是太可怕了。

费 利 普　是我们认识的人吗？

特 洛 西　那是一个用喷枪喷射了所有人的可怜家伙，他没有什么恶意。只是惹恼了一些人然后就被开枪打死了。我看见了，真的很让人沮丧。他们突然就开枪了，之后那个可怜的家伙就仰面朝天地倒在地上了。他的脸是那样的苍白，可是就在那一会儿之前他还是手舞足蹈的。他们把人留在那里两个小时，警察闻了每一个人的手枪，之后他们就不再供应饮料了。他们也没有把他盖起来，我们不得不走到那个死人身边的桌子前去给那个警察出示我们的证件，这真是非常令人难受。费利普，而他还穿着脏兮兮的袜子，鞋底也完全磨破了，他甚至都没有穿一件汗衫。

费 利 普　可怜的家伙。你知道他们现在喝的东西完全就是能使人发疯的毒药。

特 洛 西　可是，费利普，你不一定要像他们那样啊，而且你也没必要到处乱转，没准谁就会向你开枪的！你可以好好做些政治方面或者军事方面的事情。

费 利 普　别引诱我，别把我弄得野心勃勃的。［他暂停了一下］别扯得太远。

特 洛 西　那天晚上，你拿着痰盂闹着玩实在是太危险了。试图在奇科特酒吧对别人挑衅，很容易挑起事端的，所有的人都这么说。

费 利 普　那么我对谁挑衅来着？

特 洛 西　我不知道。对什么人挑衅不一样吗？你不应该挑衅任何一个人。

费 利 普　是啊，我也是这么想的。就算不去挑衅，可怕的事情也可能很快就来。

特 洛 西　别说得这么悲观。亲爱的，我们才刚刚开始一起生活。

费 利 普　我们……

特 洛 西　我们一起生活。你难道不想去一个像圣特洛佩兹那样的地方过长长久久的平静幸福的生活？去像圣特洛佩兹那样的地方好好地散步、游泳、生个孩子，圆满幸福地生活在一起。我是说真的，难道你不想让现在这一切都赶快结束吗？你知道我的意思，战争和革命。

费 利 普　那么我们能在早餐的时候一边看《大陆每日邮

报》，一边吃奶油蛋卷和新鲜的草莓酱吗？

特 洛 西　亲爱的，我们会吃鸡蛋卷，还有《邮政早报》也
　　　　　可以看的。而且每个人都会称呼我们为先生、
　　　　　夫人。

费 利 普　《邮政早报》刚刚停止出版了。

特 洛 西　唉，费利普，你也太悲观了。我希望我们能过上
　　　　　这样幸福的生活。你难道不想要个孩子吗？他们
　　　　　可以在卢森堡公园里玩滚铁环和航海游戏。

费 利 普　孩子，我们给男孩子取名叫"德瑞克"，你知道
　　　　　这是我所听到的最难听的名字了。你可以在地
　　　　　图上，甚至还可以在地球仪上指给他们看。你
　　　　　可以说："德瑞克，那儿是旺普。现在跟着我的
　　　　　手指看。我会告诉你，你爸爸在哪里？"于是
　　　　　"德瑞克"就会说："好的，妈妈，我见过爸
　　　　　爸吗？"

特 洛 西　哦，不是。不可能是这样的。我们可以找一个有
　　　　　趣的地方住下，你只要写作就可以了。

费 利 普　什么？

特 洛 西　你喜欢写什么都可以。小说、散文，或者还可以
　　　　　写一本关于这场战争的书。

费 利 普　那一定是本好书。最好让这本书里面有……
　　　　　有……你知道的，插图。

特 洛 西　或者你也可以好好研究研究，写一本关于政治的
　　　　　书。有人告诉我说，关于政治的书籍永远都有
　　　　　销路。

费 利 普　[拉了拉铃] 我正在想象呢。

特 洛 西　你也可以试着写一本关于辩证法的书，辩证法方面的新书也总是有市场的。

费 利 普　真的吗？

特 洛 西　但是，亲爱的费利普。第一件事情，你就要从现在开始在这里做起，彻彻底底地放弃那些完全属于花花公子的行为，开始做些有价值的事情。

费 利 普　我曾经在一本书里面读到过，但是从来没有真正弄明白过。一个美国女人一定会让他喜欢的男人放弃一些爱好，是不是真的？你知道的，酗酒什么的，或者是抽弗吉尼亚香烟或者是穿长筒橡胶靴子，或者打猎，或者还有其他什么蠢事？

特 洛 西　不是，费利普。事实上，你对任何一个女人来说都是个严峻的课题。

费 利 普　我倒希望如此。

特 洛 西　而且我也不是想要你放弃什么，我只是希望你接受一些东西。

费 利 普　好了。［他亲吻地］我会接受的。现在我们开始吃早餐吧。我要回房间打几个电话。

特 洛 西　费利普，别走。

费 利 普　我马上就会回来的。亲爱的，而且我会非常认真地对待这件事。

特 洛 西　你知道你说了些什么吗？

费 利 普　当然了。

特 洛 西　［兴高采烈地］你说的，亲爱的。

费 利 普　我知道这个会被传染的，但是我从来没想到过会是接触性传染。请原谅我，亲爱的人。

— 34 —

特 洛 西　亲爱的人，这也是个好听的词。

费 利 普　再见吧——呃——甜心儿。

特 洛 西　甜心儿，哦，你这个可爱的人儿。

费 利 普　再见了，同志。

特 洛 西　同志，唉，可你之前都是叫我亲爱的。

费 利 普　同志是个不错的词。我认为我不应该到处乱用，我要把它收回。

特 洛 西　[兴高采烈地] 哦，费利普。你在政治上有进步了。

费 利 普　上帝呀……呃，你知道的，无论如何，救救我们吧。

特 洛 西　不要亵渎上帝，这样会遭到惩罚的。

费 利 普　[急促而且非常严厉地] 再见，亲爱的，亲爱的人，小甜心儿。

特 洛 西　你不叫我同志了。

费 利 普　[往室外走] 是啊。你看，我现在在政治上有进步了。[他走进旁边的那个屋子]

特 洛 西　[拉铃叫帕塔拉，正在跟她说话，舒舒服服地向后靠着床上的枕头] 哦，帕塔拉，他是那么可爱，那么精力充沛，那么朝气蓬勃，但是他不做任何事情。据说，他应该给一家令人厌烦的伦敦报社发新闻稿，但是他们指责说他实际上从来都没有发过。听惯了布莱斯顿对他的妻子和孩子的唠叨后，他总是这么让人耳目一新。既然他对他们这么在乎，就让他回到他的妻子孩子身边去吧。我打赌他是不愿意回去的。那些个参加战争

的男人们，只不过是把妻子儿女当作跟别人上床
的理由，之后他们又拿妻子儿女作为理由来打击
你，我的意思是彻底的打击你。我不知道为什么
跟布莱斯顿在一起那么久，他总是垂头丧气的，
而且总是盼着这座城市沦陷，等等这些，还总是
一直盯着地图。总是盯着地图看，是一个男人能
养成的最令人生气的恶习，难道不是吗？帕
塔拉。

帕 塔 拉　我不明白，小姐。

特 洛 西　哦，帕塔拉。我想不出来他现在在做什么事？

帕 塔 拉　不会干什么好事。

特 洛 西　帕塔拉，不要这么说。你是个失败主义者。

帕 塔 拉　哦，小姐。我没有什么政治立场，我只是干些
杂事。

特 洛 西　好了，你现在可以出去了。因为我想再回去睡一
会儿，这个早晨我过得非常愉快，但是也感觉到
很乏累。

帕 塔 拉　好好休息，小姐。［她走出去，关上了门］
［在另外一间房间，费利普在接电话］

费 利 普　是的，对，把他送过来。［敲门声，一位穿国际
纵队制服的同志打开门走了进来。他行了个漂亮
的军礼。他是一个有着黑黝黝的皮肤但是长得很
好看的年轻小伙子，20 岁左右］敬礼。同志，进
来吧。

同　　　志　纵队把我派到这里来的，我本来应该是在 113 号
房间向您汇报的。

费 利 普　我换房间了。你有命令的复本吗？

同　　志　只有口头命令。

费 利 普　［费利普拿起电话，报出一个号码］80—2015，
喂，赫道克吗？不是，赫道克。这里是海克。是
的，海克。好，赫道克。［他转向那位同志］同
志，你叫什么名字。

同　　志　威尔金森。

费 利 普　喂，赫道克，派过一位威尔金森来波士渔场①吗？
是的。非常感谢你，敬礼。［他挂上电话，转身
向这位同志伸出手来］很高兴认识你，同志，现
在有什么事情？

威尔金森　听从您的指挥。

费 利 普　哦。［他看起来似乎有些不太情愿］你多大年纪
了，同志。

威尔金森　20岁。

费 利 普　找过不少乐子吧？

威尔金森　我加入这里并不是为了找乐子。

费 利 普　不，当然不是。我不过是随便说说而已。［他住
了口，然后摆脱了不情愿的感觉，用十足的军人
口气说］现在，有一件事我必须告诉你。在这场
特殊的演出里，你不得不把自己武装起来，强制
自己执行任务。但是在任何情况下你都不能使用
你的武器。任何情况下，明白吗？

威尔金森　在遇到危险的时候也不能吗？

───────────────

① "赫道克" "海克" "波士渔场" 都是为了保密用的代号。

费 利 普　在任何情况下都不能。

威尔金森　我知道了，接下来给我的命令是什么？

费 利 普　到楼下去散散步。然后回到这里来，开个房间，办好入住手续。你住进房间以后，到我这儿来一下，告诉我是哪间房，我再告诉你干什么。今天你得长时间待在你那间屋子里。［他顿了一下］好好散散步，可以喝点儿啤酒，今天在安圭拉酒吧那些地方能买到啤酒。

威尔金森　我不喝酒，同志。

费 利 普　很好，非常好。我们这些老一辈的人有些恶习，像麻风病的疮疤似的，到目前为止还没有办法根治，但是你是我们的榜样。现在就去吧。

威尔金森　是的，同志。

　　　　　［他敬个礼，走出去］

费 利 普　［在他走了以后］太可怜了，是啊，真是太可怜了。［电话铃响起］是，我就是。太好了，不是；很抱歉哦。稍后再说。［他挂上电话……电话铃再次响起来］喂，你好，哦，对不起，非常非常的抱歉。真是不好意思，我会的，是的，过一会儿再说。［他挂上电话……电话铃再次响起来］喂，你好，哦，很抱歉，我真的感到很抱歉，不过等一会儿再说好吗？不，善良的人，来吧，来让我们忘记他吧。［有敲门声］进来，［布莱斯顿进来了，他一边眉毛上贴着纱布，状态看起来很不好］我感到很抱歉，你知道的。

布莱斯顿　你说这些有什么用，你的所作所为真让人恶心。

费 利 普　　说得对，我能弥补你些什么呢？［很坚决地说］
　　　　　　我说了，我很抱歉。

布莱斯顿　　好了，你可以脱掉我的睡袍和拖鞋了。

费 利 普　　［脱掉睡袍和拖鞋］好。［他把衣服和拖鞋递过
　　　　　　去］［很遗憾地］你能不能把这睡袍卖给我，可
　　　　　　以吗？这真是件好衣服。

布莱斯顿　　不卖，现在滚出我的房间。

费 利 普　　我们没有必要把事情再做一遍吧？

布莱斯顿　　如果你不滚的话，我会叫仆人进来把你扔出
　　　　　　去的。

费 利 普　　那么你最好拉拉铃。
　　　　　　［布莱斯顿拉铃。费利普走进了浴室，水声哗哗
　　　　　　地响起来。这时候响起了敲门声，经理走进来］

经　　　理　　一切都好吗？

布莱斯顿　　我想让你把警察叫来，把那个家伙赶出我的
　　　　　　房间。

经　　　理　　布莱斯顿先生，我立刻叫女仆把你的东西打包。
　　　　　　114房间也非常舒适。布莱斯顿，你知道的，最
　　　　　　好不要叫警察到旅馆里来。警察来了一开口会说
　　　　　　什么？这罐牛奶是谁的？这罐牛肉是谁的？谁在
　　　　　　旅馆里囤积咖啡？大立柜里怎么这么多白糖？这
　　　　　　三瓶威士忌是谁的？这里发生了什么事情？布莱
　　　　　　斯顿先生，千万不要为了私事而惊动警察，我恳
　　　　　　求你，布莱斯顿先生。

费 利 普　　［从浴室里说］这三块香皂是谁的？

经　　　理　　是的，你明白了，布莱斯顿先生？关于私人的事

情政府部门总会给出错误的解释。法律上是不允许私藏这些东西的，法律是严令禁止囤积这些东西的。这些都会让警察误会。

费 利 普 ［在浴室里说］这三瓶古龙香水是谁的？

经　　理 你看见了，布莱斯顿先生？这完全是出于我的一片好心。我不想去叫警察过来。

布莱斯顿 哦，去……去……见鬼去吧，你们两个。把这些东西搬到 114 号房间。洛林茨，你这个浑蛋，你记住我说过的话，听见了吗？

费 利 普 ［在浴室里说］这四管玫能牌的剃须膏是谁的？

经　　理 布莱斯顿先生，四管啊，布莱斯顿先生。

布莱斯顿 你就只会乞讨，我给了你那么多。把东西收起来，让仆人搬走。

经　　理 太好了，布莱斯顿先生。但是只有一件事，当我违背我自己的所有意愿向你乞求一些食物的时候，只希望你能把超额配给的……

费 利 普 ［在浴室里笑得喘不过来气］这是在说什么？

经　　理 我在跟布莱斯顿先生说，请他看在我一家七口人的面子上把吃剩下的那些食物给我。听着，布莱斯顿先生，我有个岳母……那是个奢侈品……现在嘴里只剩下一颗牙了。你懂的，就用这一颗牙也能津津有味地吃掉所有食物。等到这颗牙掉了我就得给她买一整副的假牙，包括上面和下面，这样她就能吃更高级的食物了。可以吃牛肉，可以吃猪肉，可以吃那个什么牛里脊肉了。我跟你说每天晚上，布莱斯顿先生，我问她，老太太你的这颗牙怎么样？每天晚上我都想，如果它掉了我们该怎么办？给她一整副的假牙，马德里的马就没有多少能供应给部队了。我跟你说，布莱斯顿先生，你从来没有见过这种女人，这种奢侈品。布莱斯顿先生，难道你就不能从你的超额配给里分我一小罐牛肉或者其他什么吗？

布莱斯顿　去洛林茨那要点什么吧？他是你的朋友啊。

费 利 普　[从浴室里走出来]集邮家同志，跟着我，让我给你一罐超额配给的牛肉吧。

经　　理　费利普先生，你的心胸比这个旅馆还要宽大啊。

布莱斯顿　还加倍肮脏。[他走了出去]

费 利 普　他怒火中烧。

经　　理　你抢走了那位年轻的小姐，让他暴怒了，使他充满了……怎么说呢，妒火满腔。

费 利 普　就是这样，妒忌已经填满了他的内心。昨天晚上我还试着把这些情绪释放出来一些，看来没有成功。

经　　理　听着，费利普先生。告诉我一件事，这场战争会持续多久？

费 利 普　恐怕还需要很长时间。

经　　理　费利普先生，我真不愿意听到你这么说。到现在已经打了一年了，真的是一点也不好玩，你明白的。费利普先生，千万别为这些事情担心，你还是原来的你啊。

经　　理　你也要多加小心，好好活下去。费利普先生，要更加小心啊。我知道，不要以为我不知道。

费利普　还是不要知道太多了。而且不管你知道的是什么，闭上你的嘴巴，嗯？这样我们才能好好合作下去。

经　理　但是要多加小心，费利普先生。

费利普　我一直活得不错，一起喝一杯吗？〔他倒了杯苏格兰威士忌，在里面兑了些水〕

经　理　我从来不碰酒精。但是，听着，费利普先生，要多加小心，住在 105 房间的那个家伙很坏，住在 107 房间的也很坏。

费利普　谢谢，我知道这个。只是我把住在 107 房间的家伙弄丢了，他们让他跑了。

经　理　住在 114 房间的家伙是个笨蛋。

费利普　非常的笨。

经　理　昨天晚上那个人假装走错了房间，想去 113 房间找你，我明白的。

费利普　这就是我没住在那里的原因。我已经派人盯住了那个笨蛋。

经　理　费利普先生，你一定要多加小心。你需要我在门上装上耶鲁牌的弹簧锁吗？那种大锁，最坚固的那一种。

费利普　不用，装上那种大锁也没什么好处，没必要做装上大锁这种事。

经　理　你需要什么特殊的东西吗？费利普先生，只要我能做到的都可以。

费利普　不需要，没有任何特殊需要。谢谢你把那个从巴伦西亚来的想住在这里的白痴旅客打发走，我们这里已经住了太多白痴了，包括你和我。

经　　理　　我可以让他过一段时间住进来，如果你愿意。我跟他说，已经客满了，有空房间就会通知他。如果事情平静下来我可以安排他稍后住进来。费利普先生，照顾好你自己。拜托了，你明白的。

费 利 普　　我活得很好，只是有时候有些心情不太好罢了。

[在这段时间里，特洛西·布勒齐思已经从床上起来进了浴室去洗澡，之后穿戴好了回到房间。她坐在打字机边上，又站起来，把一张唱片放进唱机里。那是肖邦的作品降 a 小调叙事曲第 47号。费利普听见了音乐声]

费 利 普　　[冲着经理] 对不起，我可以出去一小会儿吗？你要给他搬东西吗？如果有人过来找我，叫他们等一会儿，好吗？

经　　理　　我去通知搬东西的女仆。

[费利普走到了特洛西的门口，敲门]

特 洛 西　　进来，费利普。

费 利 普　　你不介意我在你这里喝点儿酒吧？

特 洛 西　　不会，请便。

费 利 普　　我需要你帮我办两件事。

[唱机里的音乐停了，在另外一个房间，你能看到经理走了出去，女仆走进来，开始把布莱斯顿的东西收拾起来放在床上]

特 洛 西　　你需要我办什么事情？

费 利 普　　第一件事是搬出这家旅馆，另外一件事是回美国去。

— 43 —

特 洛 西　为什么？你这个粗鄙不堪的厚颜无耻的家伙。你怎么比布莱斯顿还要恶劣。

费 利 普　我的意思是你两件事都要做到。眼下这个旅馆不是你能住的地方，我说的是真心话。

特 洛 西　我才刚开始和你一起无忧无虑地生活啊。费利普，别傻了。拜托，亲爱的，别犯傻了。［在另外一扇门前，你可以看到身穿国际纵队衣服的年轻同志威尔金森正站在敞开的门前］

威尔金森　［冲着女仆］洛林茨同志去哪儿了？

女 　 仆　请进来坐下吧，他说让你等他。

　　　　　［威尔金森背对着门在椅子上坐下。隔壁房间里面，特洛西已经再一次把唱片放在唱机里。费利普把唱机针头提起来拿开，唱片就在唱机盘上旋转起来］

特 洛 西　你刚才说你想喝一杯。给你。

费 利 普　我现在不想喝。

特 洛 西　怎么了，亲爱的？

费 利 普　你知道我非常认真地和你说，你必须离开这里。

特 洛 西　我不害怕打炮，这你是知道的。

费 利 普　并不是因为打炮。

特 洛 西　好啊，那是因为什么，亲爱的？你难道不喜欢我？我愿意在这里让你开开心心的。

费 利 普　我要怎么做才能让你离开这里呢？

特 洛 西　做什么都不可以，我不可能走的。

费 利 普　我不得不让你搬到维多利亚旅馆去。

特 洛 西　你做不到。

费　利　普　我真希望能和你好好谈谈。

特　洛　西　但是为什么不谈呢？

费　利　普　我没办法和任何人好好地谈话。

特　洛　西　但是，亲爱的，你只是焦虑而已。你可以去找个心理咨询师，用不了多久就能治好了。这是非常简单的，也很有意思。

费　利　普　你太美了，但是你真是没救了。我只是想让你搬出去而已。〔他把唱机针头放回到唱片上，然后给唱机上足发条〕请原谅，如果我看起来情绪有些不太好。

特　洛　西　也许只是你的肝脏有点小毛病，亲爱的。

　　　　　　〔唱片放着音乐，你看见另外一个房间门外站着一个人，房间里女仆正在收拾东西，小伙子则坐在那儿。门外那人头戴贝雷帽，身穿军用雨衣靠在门框上，握住了手上的长筒毛瑟枪，瞄准了威尔金森的后脑，开了一枪。女仆尖叫一声"啊……"然后开始用围裙蒙住脸大声哭了起来。费利普听到枪响，立即把特洛西推向床上，接着右手握住手枪走向门口。他打开门，来回张望，将自己的身形隐藏起来，绕过拐角进了房间。当女仆看见他拿着枪，再次大声尖叫了起来〕

费　利　普　别犯傻了。〔他走到那具尸体所在的椅子前面，架起威尔金森的头，然后让他垂下〕这群狗杂种，这群肮脏的狗杂种。

　　　　　　〔特洛西跟在他后面走进门来，他把她推了出去〕

费　利　普　离开这里。

特 洛 西　费利普，发生了什么事？

费 利 普　别看他，那是个死人，有人枪杀了他。

特 洛 西　是谁杀了他？

费 利 普　也许是他自己杀了自己吧。这不是你该管的事情，离开这里。难道你以前没见过死人吗？难道你以前不是战地记者什么的吗？从这里出去，去写篇文章。这里发生的事跟你没关系。［然后冲着女仆］赶快把这些罐头和瓶子什么的拿出去。［他开始动手把大立柜内隔板上的东西都扔在床上］所有的罐装牛奶，所有的腌牛肉，所有的白糖，所有的鲑鱼罐头，所有的古龙香水，所有多余的香皂，全部都拿出去。我们不得不报警了。

- 落幕 -

第二幕　第一场

　　在保安局总部的一间屋子里，一张再普通不过的桌子，除了一个罩着绿色灯罩的台灯之外再没有其他的东西。屋内的窗户全都关闭着，百叶窗也全都放了下来。桌子后面坐着一个拥有两片十分薄的嘴唇和鹰钩鼻子的长着苦行僧脸的男人，还有两道粗眉毛。费利普坐在桌子边上的一张椅子上。这个苦行僧脸的男人正拿着一支铅笔。在桌子前面还坐着一个男人。他正用低沉的声音抽抽搭搭地哭泣着。安东尼（那个鹰钩鼻子的男人）正饶有兴趣地看着他。这个就是第一幕第三场中的那个同志甲。他光着头，制服上衣已经脱掉，吊在国际纵队制服的裤子边上，背带也耷拉在裤子边上。幕帘拉开的时候费利普正站起来看着同志甲。

费 利 普　［用疲惫的声音］我还要问你另一件事情。

同 志 甲　别问我，我请求你不要问我了，我不想让你再问我了。

费 利 普　你当时是睡着了吗？

同 志 甲　［哽咽地］是的。

费 利 普　［用非常疲惫沉闷的声音道］你知道这件事会让你受到什么惩罚吗？

同 志 甲　是的。

费 利 普　你为什么一开始不这么说，就能省下一些麻烦？我们又不会为了这个就枪毙你。我只是现在对你很失望。你不会认为互相射杀是为了好玩吧？

同 志 甲　我应该早就告诉你。我只是很害怕。

费 利 普　是啊，你早就应该告诉我。

同 志 甲　真是这样，政委同志。

费 利 普　［冲着安东尼，冷漠地说］你认为他当时睡着
　　　　　了吗？

安 东 尼　我怎么会知道。你是想让我审问他吗？

费 利 普　不，我的上校，不是的。我们要的只是情报，我
　　　　　们又不是刑讯逼供。［冲着同志甲］听着，你睡
　　　　　着以后做梦都梦见了些什么？

同 志 甲　［他抑制住了抽泣，迟疑了一下，然后继续］我
　　　　　不记得了。

费 利 普　那就尽量回忆，慢慢来啊。我只是想跟你确认，
　　　　　你明白的。不要撒谎，你如果撒谎我会知道的。

同 志 甲　现在我想起来了。当时我靠在墙上，向后面躺着
　　　　　的时候，我的来复枪夹在两腿中间，我想起来
　　　　　了。［又哽咽起来］在梦里，我……我……我以
　　　　　为那是我的女朋友，正在对我做些什么……令人
　　　　　愉悦的事情……我不知道是什么事情，那只不过
　　　　　是梦里的情景。

费 利 普　［冲着安东尼］现在你满意了吧？

安 东 尼　我还没完全了解怎么回事呢。

费 利 普　好吧，我猜没有人能完全了解怎么回事，但是他
　　　　　已经说服我了。［冲着同志甲］你女朋友叫什么
　　　　　名字？

同 志 甲　爱尔马。

费 利 普　好吧，你给她写信的时候别忘记告诉她，她给你
　　　　　带来了好运。［冲着安东尼］到目前为止，就我

这方面，你可以把他带下去了。他看《工人报》，他知道乔·诺斯，他有个女朋友叫爱尔马。他在纵队里的考试成绩不错。但是他跑去睡觉让那个人逃跑了之后把威尔金森那个小青年打死了。因为错把他当成了我。现在要做的事情就是给他些特浓咖啡，让他保持清醒，并且别让他把来复枪夹在两腿中间。听着，同志，如果我在执行任务时对你说了些粗话，我表示抱歉。

安东尼　我还想再问几个问题。

费利普　听着，我的上校。如果我不擅长这些事情，你就不会让我审问他们这么久了。这个小伙子没什么问题。你知道，准确地说我们中间没有任何人像你说的完全没有问题。但是这个小伙子应该说基本没有问题。他只不过是睡着了，而且我也不是法官，你知道的。我只不过是为你工作，为了革命事业，为了共和国，为了这事那事的。在美国，我们曾经有个总统叫林肯，他为那些在站岗时打盹的士兵减免死刑，你知道的。所以我想如果你没有问题的话，我们也给他减刑得了。他来自林肯的队伍，你明白的——那是一支非常厉害的队伍。那也是一支非常优秀的军队，如果我试着告诉你他们做过什么的话，将会打碎你那颗该死的心灵。要是我在那支军队里我也会感到满足和骄傲，而不会像现在这样。但是我不在那里，看到了吗？我不过是个二等警察和冒充的三流记者……但是听着，爱尔马同志①…… ［冲着囚徒］如果你在我手下工作的时候，再在站岗的时候睡觉，我会亲手枪毙了你，明白了吗？你听清我说的了吗？并且把这个写信告诉爱尔马。

安东尼　［拉铃，两名突击队员走了进来］把他带走。你说的真是不知所谓，费利普。但是你确实劳苦功高，全发泄出来了。

同志甲　谢谢你，政委同志。

费利普　哦，在战争中不要说谢谢。这是战争。你不能够在战争中说谢谢。但是你太客气了，明白了吗？你给爱尔马写信的时候，告诉她，她给你带来了许多许多的好运气。

　　　　［同志甲跟着两名突击队员下去了］

安东尼　嗯，现在，有一个男人从107号房间溜走了，错把那个男人当作你开枪打死了，那个人是谁？

费利普　哦，不知道。我猜是圣诞老人吧。他有一个代号，他们的编号A从1到10，编号B从1到10，编号C从1到10，他们搞枪杀，他们炸毁目标，他们还干那些你再熟悉不过的事情。而且他们干得非常卖力，可是没什么工作效率。但是他们杀了好多不该杀的人。现在麻烦的是他们执行那个古巴的"阿贝赛"老政策却做得很出色，除非你找外面的人去对付他们，要不然丝毫起不了作用。这就好像你不做面包也不去听弗莱施曼酵母的广告节目。你知道，如果我又说错

①　用他女朋友的名字戏称他。

话了，就纠正我。

安 东 尼　那么你为什么不调集足够的力量去抓捕那个人呢？

费 利 普　是因为我们不能闹出太大的动静，会惊动到那些更重要的人。这个人不过是个杀人工具而已。

安 东 尼　在这个100多万人口的城市里还隐藏着非常多法西斯分子，他们在暗处活动。他们还是很大胆的，这里大概还有两万人在活动。

费 利 普　更多，比你说的还要多一倍。就算你抓住他们，他们也不会开口的。除了那些政客们。

安 东 尼　政客，是啊，政客。我曾经看到过一个政客躺在屋子角落的地板上，当他想要出去的时候却无法站起来。我曾经看到过一个政客在地板上用膝盖爬行到我跟前用胳膊抱住我的大腿然后亲吻我的脚面。我看着他的口水流到我的靴子上，他所能够做得最简单的事情就是等待死亡。我曾经看见过很多死亡，但是从来没看到过政客死得壮烈。

费 利 普　我不想见到他们死去。如果你想看到他们死去，我认为这也可以，但是我讨厌这样。有时候，我真不懂你在坚持什么。听着，谁能死得好看。

安 东 尼　你了解的，不要再孩子气了。

费 利 普　是啊，我想我明白。

安 东 尼　我可能会死得很好，但是我不要求别人做他们做不到的事情。

费 利 普　你是个专家。看啊，东尼克①，谁死得好看？继

---

① 安东尼的昵称。

续说啊，继续。谈谈你做的行当确实对你有好处。你明白的，说说它。你知道接下来该做什么的，就是忘记它。这非常简单。跟我说说关于这个运动最开始的一些情况。

安东尼　[十分骄傲地说]你想听听，你指的是特定的人物吗？

费利普　不是，我知道几个特定人物的情况。我指的是一些阶层的事情。有些时候非常有风格。虽然他们做错了，但是他们死得很有格调。士兵，是的，一大部分很棒的。神父们，是我们一生都反对的。太多教会都反对我们，我们要跟教会做斗争。我是个社会党人，已经好多年了，在西班牙，我们是最原始的革命党。但是要去死……[他快速地挥动了三次手腕，这是一个在西班牙表示极度敬佩的手势]去死，神父们？这太恐怖了。你了解的，只是些单纯的神父，我没有指那些主教。还有，安东尼，有时候我们无法避免一些错误，嗯……当你必须要仓促行事的时候。或者，你知道的，就是犯错，我们都要犯错的。我昨天刚犯了一个错误。告诉我，安东尼，有没有谁没有犯过错误？

安东尼　哦，是的，当然，犯错。哦，有，有犯错。有，有，令人遗憾的错误。只是非常少。

费利普　是怎么解决那些错误的呢？

安东尼　[骄傲地]都有一个圆满的结局。

费利普　啊……[他发出的声音像是被一个拳击手重重地击打在身体上的声音]然而现在我们已经在这个

行当里了。你知道的，他们给它取了个多傻的名字？反间谍行动。这从来没让你的神经受不了吗？

安 东 尼　［简单地说］没有。

费 利 普　这对于我来说已经让我焦虑了很久了。

安 东 尼　但是你做这一行并没有多长时间啊。

费 利 普　血淋淋的 12 个月，我的兄弟，在这个国家。而且在这之前，是古巴。你去过古巴吗？

安 东 尼　我去过。

费 利 普　在所有这些地方里，那是我去过的最让人感到恶心的地方。

安 东 尼　那里怎么让你感到恶心了？

费 利 普　嗯，当他们开始更明白些事理的时候就会开始信任我了。而且，我猜他们开始更明白事理而我就会得到……你知道的多多少少的信任。你知道，不是我费心规划的，只是一些合理的信任。并且接下来你做得更好些他们就会给予你更多的信任。再接下来，你知道的，你开始相信这些。到最后，我猜你开始喜欢这些。有些想法，我没法子给你解释出来。

安 东 尼　你是个好小伙子，你工作做得很出色，每个人都非常信任你。

费 利 普　太多了，而且我也厌倦了，而且现在我很担忧。你知道我想怎么样吗？在我活在世上的时候，我根本不关心是谁，或者这样做的原因，反正再也不想杀任何一个坏家伙了。我希望再也不用被迫说谎。我只想知道自己是谁，什么时候醒过来。

我希望一个星期里每天早上在同一个地方醒来。我想跟一个你不认识的，叫布勒齐思的女孩结婚。但是别在意我这么称呼她，只是因为我喜欢这么叫。而我想跟她结婚是因为她拥有全世界最光滑、最笔直、最修长的一双腿，而且如果她说的话没道理的时候我就可以不听她讲话，但是我真好奇我们生下来的孩子会是什么样子。

安 东 尼　她是那个有一头金发的高个子的战地记者？

费 利 普　别那么形容她，她不是什么金发高个的战地记者，她是我的女人。要是我说了太多话或是占用了你的宝贵时间，你可以阻止我。你知道的，我不是那种传统的下属。我能说英式英语也能说美式英语，我在一个国家出生，又在另外一个国家被抚养长大。这个就是我现在用来谋生的手段。

安 东 尼　[安慰道] 我知道，你累了，费利普。

费 利 普　好，我现在说的是美式英语。布勒齐思也是这样，只是我不知道她是否可以讲好美式英语。你知道的，她的英语是在一所大学里学的，是从那些不入流的文人雅士那里学来的，你知道这多么滑稽，你明白的。我不介意她说的是什么，只是想听她讲话。你看，我现在很放松。在早餐过后我还没喝过酒呢，可是我现在比喝了酒还醉得厉害，这可是个不好的信号。可以让你手下的特工人员放松下吗，我的上校？

安 东 尼　你应该去睡一觉。你已经非常疲倦了，费利普。你还有许多工作要做呢。

费 利 普　是的，我的确很疲惫，也确实还有一堆工作要做。我正在等着见一位从奇科特来的同志，名字叫迈克斯。我还有—— 一点儿也不夸张——特别特别多的工作要做。迈克斯，我相信你听说过他，也听说过他是个多么优秀的人。他只有名没有姓，而我的姓却是洛林茨，跟我刚开始干这一行的时候一样。说明我在这一行还没有走太远。你瞧，我这是在说什么啊？

安 东 尼　关于迈克斯。

费 利 普　哦，迈克斯！是的，迈克斯。现在他已经迟到一天了。他已经在海上航行了两个礼拜左右，为避免误会，说他在反法西斯战线的后方活动。这是他的专长，而且他说，他从不撒谎。我撒谎，不过现在没有。不管怎样，我现在非常疲惫，瞧我也开始厌烦自己的工作了。我很焦虑，像个可怜虫，因为我感到害怕，而我一般是不会害怕的。

安 东 尼　接着说，别太情绪化。

费 利 普　他说，就是迈克斯说。我真他妈的想知道他这会儿究竟在哪里！他说他找到一个地方，是个观察站，你懂的，观察他们降落，但又说那是个错误的地方。那是众多观察哨中的一个。哦，他说炮击这个镇的德国兵头子经常去那里，他是个讨人喜欢的政客。你知道，那个老古董，他也去那里。然后迈克斯动起了脑筋。我却认为他有点异想天开，但是他的想法很不错。我反应更快，但没他想得好。我们可以把这两个家伙劫持来。现在听好了，我的上校。要是有什么不对的，可以立刻打断我。我觉着这听上去很浪漫。但迈克斯说，他是个德国人，很讲求实际，说服他到法西斯的后方去就像你刮掉胡子一样容易。我们还能说什么？他说这完全可行。所以，我也就没再反对。哦，我有点醉了！已经很久没有这种醉酒的感觉了。他还说什么我们可以把那些正在进行的项目暂且放一放，先去把那两个人抓来见你。尽管我不认为那个德国人对你有什么实际用处，但他具有很高的交换价值；而这个计划似乎对迈克斯更有吸引力。我觉得这应该归咎于民族主义，不过，要是我们真能捉到另外那个人，你就一定大有收获的，我的上校！因为他非常非常了不起。是的，我说的是了不起。关于他，你知道，这会儿正在城外，但他知道谁在城里。所以你要让他开口，讲出谁在城里；因为他们与他都有联系。我是不是说得太多了？

安 东 尼　费利普。

费 利 普　是，上校！

安 东 尼　你现在就去奇科特酒吧，要像个好小伙子那样喝个酩酊大醉，然后继续做你的工作。等你有了新的消息就来这里，或者打电话过来。

费 利 普　那我该怎么讲话，上校？是用美式英语还是英式英语？

安 东 尼　你喜欢怎么说就怎么说吧！别再废话了，赶快去吧，现在就去！虽说我们是好朋友，我也很喜欢你，但是我非常忙。哦，对了，关于观察岗哨的事儿，是真的吗？

费 利 普　是真的！

安 东 尼　　嗯，很好！

费 利 普　　是的，上校！真是一件非常非常奇妙的事情。

安 东 尼　　那你去吧，开始行动！

费 利 普　　我真的可以随便讲美式英语和英式英语？

安 东 尼　　别再闹了，赶快走吧！

费 利 普　　那我还是说英式英语吧。上帝啊，我用英式英语
　　　　　　撒起谎来真是得心应手，实在是可悲！

安 东 尼　　走、走、走！赶紧走！

费 利 普　　是，我的上校！非常感谢你有教育意义的简短谈
　　　　　　话，我现在就去奇科特酒吧！敬礼，上校！［他
　　　　　　敬了个礼，看了看手表，走了出去］

安 东 尼　　［坐在桌子旁目送他离开，然后拉了拉铃，两个
　　　　　　突击队员走进来，给他敬了个礼］去把你们刚才
　　　　　　带走的那个人带进来，我想跟他单独谈谈。

- 落幕 -

第二幕　第二场

在奇科特酒吧的角落里，费利普和阿妮塔坐在走进酒吧后右手边的第一张桌子旁。门边和窗下都堆着沙袋，高度大约是门窗的四分之三。一个服务生来到费利普和阿妮塔面前。

费 利 普　还有桶装威士忌吗？

服 务 生　除了杜松子酒，真的什么都没有了，先生！

费 利 普　是上好的杜松子酒吗？

服 务 生　布思牌的黄色杜松子酒，是最好的。

费 利 普　加上浓生啤酒。

阿 妮 塔　你不爱我了吗？

费 利 普　哪能啊！

阿 妮 塔　你跟那个金发高个女人在一起是个天大的错误。

费 利 普　哪个金发高个女人？

阿 妮 塔　就是那个非常高的金发女人，跟塔似的，壮得像一匹马。

费 利 普　金色的长发就像成熟的稻田。

阿 妮 塔　你犯了个大错误，巨大的错误！竟跟高个子女人在一起。

费 利 普　你怎么会认为她那么高大呢？

阿 妮 塔　岂止是高？简直就是坦克！等你把她的肚子搞大了再看吧，根本就是一辆史蒂倍克牌的卡车。

费 利 普　　史蒂倍克！嗯，这个词从你嘴里蹦出来真是太好听了。

阿 妮 塔　　是啊，我觉得那些英文单词实在是太妙了！史蒂倍克，很美吧？可你为什么不爱我了呢？

费 利 普　　我也不清楚，阿妮塔。你明白的，有些东西是会变的。[他看着自己的表]

阿 妮 塔　　你以前那么喜欢我。你重新再来一遍吧！你应该再试试。

费 利 普　　我明白。

阿 妮 塔　　有些好东西你是不会让它离开你的。大个子女人有大麻烦，这你也知道；但我已经知道很长时间了。

费 利 普　　你是个好女孩儿，阿妮塔。

阿 妮 塔　　是因为我上次咬了弗农先生吗？他们都批评我了。

费 利 普　　不，当然不是！

阿 妮 塔　　我已经告诉你，我不会再那样了。

费 利 普　　哦，那件事早被人忘了！

阿 妮 塔　　你知道我为什么那么做吗？谁都知道我咬了人，但从没有人问过我原因。

费 利 普　　哦？那你为什么咬他？

阿 妮 塔　　他想从我的长筒袜里拿走三百个银币，我该怎么办？难道对他说，"好，你拿去吧，没关系的。"当然不能了，所以就咬了他。

费 利 普　　做得好！

阿 妮 塔　　你真是这么想的吗？

费　利　普　　当然。

阿　妮　塔　　嘻嘻，你还是那么可爱。不过听着，你跟那个高个子金发女人在一起，确实是错误的。

费　利　普　　阿妮塔，你明白的。恐怕我必须这么干了，我也害怕这会是个大麻烦，但我愿意去犯这样的大错误。[他叫来服务生，看着表，又冲服务生说]你的表现在几点？

服　务　生　　[看了看吧台后面墙上的钟，然后又看看费利普的表]跟您的表一样，先生。

阿　妮　塔　　绝对是个大错误！

费　利　普　　你是不是吃醋了？

阿　妮　塔　　不，我只是厌恶！昨天晚上我曾试着去喜欢。我对自己说，好吧，大家毕竟都是同志，马上就要大规模炮击了，也许大家都会被炸死，干吗不能原谅别人呢？埋掉斧头，忘记仇恨；不要自私，要像爱自己一样去爱敌人；等等，全是一些废话。

费　利　普　　你真棒！

阿　妮　塔　　但天一亮，这些乱七八糟的东西就全被我抛在了脑后。早上醒来，我所做的第一件事儿就是开始恨那个女人，而且恨了整整一天。

费　利　普　　你没必要这么做，你懂的。

阿　妮　塔　　她找你干什么？她找个男人就像摘一朵花一样。她不会真心爱你的，她只是想找个男人放在自己屋里。就因为你也是个大高个她才喜欢你的。但我不是，就算你是个矮子我也会同样喜欢你。

费　利　普　　呃，阿妮塔，别这么说！

阿 妮 塔　就算你成了一个干瘪的丑老头我也会照样喜欢你，就算你变得耳聋驼背，我仍会喜欢你的！

费 利 普　驼背的人可真幸运！

阿 妮 塔　我就是喜欢你。你想要钱吗？我来挣！

费 利 普　在这一行中，大概还没有谁做过这样的事情。

阿 妮 塔　我不开玩笑，我是认真的。费利普，只要你离开她，回到我身边来，我什么都肯做。

费 利 普　我恐怕做不到，阿妮塔！

阿 妮 塔　试试看嘛，一切都是老样子。你还是以前的你，我还是从前的我，就再试一次嘛。这样总是可以的，只要你是个男子汉大丈夫。

费 利 普　但你知道的，我变了。我并不是故意这么做的。

阿 妮 塔　你没变，我了解你。我认识你这么久了，你不是一个善变的人。

费 利 普　不，所有男人都善变！

阿 妮 塔　这不是真的，你只是累了。是的，你累了，想离开，想到处跑跑。是的，你生气了。是的，是的！是我亏待了你，对，很亏待。难道是变了？不，不是的！你只是想换一种生活方式。但生活就是这样，不管跟谁在一起都一样的。

费 利 普　我明白！对，你说得很对。不过你要知道，这次是突然撞上了你的同类人，并且还扰乱了你的心。

阿 妮 塔　她不是你的同类！她跟你不一样，是另外一种血统。

费 利 普　不，我说的是同一类型的人。

阿妮塔　看来那个大高个女人已经让你疯掉了！你都不能正常思考了。你不再是你了，就像鲜血和油漆，看上去一样，可是油漆能作为鲜血灌进病人的身体吗？好吧，就算可以把油漆灌进身体，你又能得到什么，一个美国女人？

费利普　你这样对她不公平，阿妮塔。就算她被宠坏了，有点蠢，而且身材确实比较壮，但她仍然很漂亮、很友好，也很迷人，更难得的是她非常单纯，也非常勇敢。

阿妮塔　漂亮？眼看就要炮击了，等你挂了的时候，再漂亮又有什么用？友好？好吧，友好也可以变成仇恨。至于迷人，呵呵，迷人，就像蛇对兔子那样，对吧？还有单纯，你让我感到好笑，哈哈，单纯的人最后往往会变成罪犯。还有什么？勇敢？对，勇敢！你又让我好笑了，要是我还能笑得出的话。你在这场战争里究竟都做了些什么？竟然分不清什么是无知，什么是勇敢？勇敢！我的天啊……［她站起身来，在桌子边拍了拍屁股］就这样吧，我准备走人了。

费利普　你对她太苛刻了！

阿妮塔　苛刻？我这会儿恨不能在她躺的床上扔上一颗手榴弹！跟你说实话吧，所有的我都试过了，牺牲、放弃……你知道，我现在有一种很健康的美妙感觉，我什么都不在乎。［她离场］

费利普　［冲着服务生］你看没看到一位国际纵队的同志曾来这里打听过我？他名叫迈克斯，在脸上的这个位置有一道疤痕，[他用手从嘴边一直划到下巴] 并且掉了一颗门牙，牙肉也有点发黑，那是被别人拿烧红的烙铁烫出来的。哦，对了，这里还有一块伤疤。[他拿手指在下巴边上又比画了一下] 你有见过这样一位同志吗？

服 务 生　不，没看到过。

费 利 普　如果有这样的一位同志来这儿，请麻烦让他到旅馆找我。

服 务 生　哪一家旅馆？

费 利 普　他知道的！[他起身走出去，但是又回头看了一眼] 告诉他我去外面找他了。

- 落幕 -

第二幕　第三场

场景同第一幕第三场。

在佛罗里达旅馆相连的 109 房间和 110 房间，窗外一片漆黑，窗帘拉得严严实实。110 房间内空无一人，还关着灯；109 房间则灯火通明，不管是桌子上的台灯还是天花板上的大灯和夹在床头的阅读灯，都打开着，就连电火炉和电灶也都开着。特洛西·布勒齐思穿着高领毛衣、粗花呢裙子、羊毛长袜和短马靴，正用一只长柄炖锅在电灶上做着什么。透过拉下来的窗帘，从远处传来了枪炮声。特洛西拉了拉铃，没有回音，她又拉了一次。

特 洛 西　　唉，该死的电工！［她走到门口，拉开门大喊］帕塔拉！喂，帕塔拉？

　　　　　　　　［传来那个女仆走进楼道的声音，她走进门来］

帕 塔 拉　　怎么了，小姐？

特 洛 西　　那个电工在哪儿呢，帕塔拉？

帕 塔 拉　　您还不知道？

特 洛 西　　怎么了？不管发生什么，他也应该过来把这该死的电铃修好！

帕 塔 拉　　他来不了了，小姐！他死了。

特 洛 西　　什么？你说什么？

帕 塔 拉　　昨天晚上打炮的时候，他在外面被打中了。

特 洛 西　昨天晚上他出去了？

帕 塔 拉　是的，小姐。他喝了点酒，想回家，就出去了。

特 洛 西　啊，可怜的小男人！

帕 塔 拉　是啊，小姐，真是太可怜了！

特 洛 西　他怎么被击中的，帕塔拉？

帕 塔 拉　据说是有人从一扇窗户里开枪打死了他。我也不太清楚，是别人告诉我的。

特 洛 西　谁会在窗户那边开枪把他打死呢？

帕 塔 拉　在打炮的时候总有人从窗户里开枪，是第五纵队的人。那些人专门跟我们作对。

特 洛 西　可是……他们为什么要射他呢？他只是一个可怜的小个子工人而已。

帕 塔 拉　通过着装，他们应该能看出他是一名工人。

特 洛 西　当然了，帕塔拉。

帕 塔 拉　这就是为什么他们要打死他，他们是我们的敌人。即便是我，要是被打死了他们也会开心的，因为他们会认为这里又少了一个工作者。

特 洛 西　真是太可怕了！

帕 塔 拉　是的，小姐。

特 洛 西　但这也未免太恐怖了。你的意思是他们会射杀那些他们根本不认识的人？

帕 塔 拉　哦，是的，小姐！他们是我们的敌人。

特 洛 西　他们真是一伙儿恐怖分子！

帕 塔 拉　是的，小姐！

特 洛 西　那我们没了电工，怎么办？

帕 塔 拉　我们明天会另找一个来。不过眼下他们都关张歇

业了。你最好不要开这么多灯，小姐，免得保险
丝被烧断。

［特洛西把所有的灯都关了，只留下床头的那盏
阅读灯］

特 洛 西　这样可以吧？但我不能继续煮东西了，因为看不
清罐头上说的是不是需要加热，真是太可怕了！

帕 塔 拉　你在煮什么，小姐？

特 洛 西　我不知道，帕塔拉，这上面连标签都没有。

帕 塔 拉　［看了一眼那只锅］看样子像是兔肉。

特 洛 西　看着像兔肉没准儿是猫肉。但我不认为会有人不
怕麻烦把猫肉装进罐头里，然后从巴黎一路运到
这里来，对吧？当然了，这些罐头也许是在巴塞
罗那做的，然后被运到了巴黎，再空运到了这
里。你觉得是猫肉吗，帕塔拉？

帕 塔 拉　要是在巴塞罗那做的，你就更弄不清楚那是什
么了。

特 洛 西　我讨厌死这件事了。你来煮吧，帕塔拉！

帕 塔 拉　好的，小姐。我该放点什么进去？

特 洛 西　［拿起一本书，走到床头的小灯边上，舒展开身
体在床上躺下］放什么都行，随便再开一听吧。

帕 塔 拉　给费利普先生做的吗？

特 洛 西　假如他过来的话。

帕 塔 拉　费利普先生不是什么都爱吃的，要是给他吃的话
最好再加点东西进去。有一次他把整盘早餐都扔
在了地上。

特 洛 西　为什么，帕塔拉？

帕 塔 拉　大概是因为他在报纸上看到了什么。

特 洛 西　嗯，很可能是艾登①。他讨厌艾登。

帕 塔 拉　他当时非常粗暴。我告诉他，他没有权利那么做。是的，他确实没有权利！

特 洛 西　接下来呢？他又做了些什么？

帕 塔 拉　他帮我捡起了所有东西，然后朝我这里拍了拍，［她在自己的后腰部比画了一下］趁着我弯下腰的时候，小姐。我不喜欢他住在隔壁房间。他可不像你这样有教养。

特 洛 西　但我爱他，帕塔拉！

帕 塔 拉　小姐，请您千万不要这样！您没有为他整理过整整 7 个月房间和床铺，您不了解他，他是个坏人！我并不是说他人品不好，但他的确算不上什么好人。

特 洛 西　这么说，他很糟糕喽？

帕 塔 拉　不！不是糟糕；糟糕是邋遢。正相反，他非常爱干净。他每天都洗澡，甚至是用凉水洗。即使在最冷的冬天，他也洗脚。但是，小姐，他就是不好！他不可能给您幸福的。

特 洛 西　但是，帕塔拉，他比任何人都更能使我开心啊？

帕 塔 拉　小姐，这说明不了什么！

特 洛 西　什么叫说明不了什么？

帕 塔 拉　在这里，基本上所有人都能做到。

特 洛 西　你们就是个只会吹牛的民族。我必须得听这一套

---

① 曾任 20 世纪 60 年代英国首相的东尼·艾登，当时为外交大臣。

关于征服者的传说吗？

帕 塔 拉　我只想说这里风气恶劣，就算是好人也会沾染上一些不良习气的。比如跟我结婚的那个人，是真正的好人，但也沾染上了一些坏男人的毛病。

特 洛 西　你是说，他们承认自己外面有女人？

帕 塔 拉　不，小姐！

特 洛 西　［好奇地］那你的意思是……

帕 塔 拉　［伤心地］你猜得没错，小姐。

特 洛 西　我一个字也不相信！你确定费利普先生是这样的坏男人吗？

帕 塔 拉　［真诚地］他太不规矩了！

特 洛 西　哦，不知道他这会儿去了哪里。

　　　　　［走廊里响起了一阵儿厚重的靴子声。费利普和3个国际纵队的同志走进了110房间。费利普打开灯。费利普没戴帽子，浑身湿淋淋的，头发蓬乱。三个人中，那个脸上有疤的同志就是迈克斯。他们走进房间，迈克斯在桌子前面的椅子上反着坐下来，面对椅子背，把手和下巴都搭在了椅子背上，他拥有一张迷人的脸。另外一个同志则把一支短筒自动来复枪挎在肩膀上。还有一位有一把木壳长筒毛瑟军用手枪，正挂在他的大腿边上］

费 利 普　你们马上回走廊去，把守这两个房间，任何人要来见我，都得由你们带着。楼下还有多少同志？

挎来复枪的同志　25个。

费 利 普　给你们108号房间的钥匙。［他把钥匙分别递给

他们两个〕让房开着，你们就站在门里面好了，
这样就可以监视整条走廊了。不，你们最好还是
拿一把椅子，坐在可以看到外面的地方。就这
样！行动吧，同志们！

〔两个人敬礼之后出去了。费利普走到迈克斯面
前。他把手放在那人的肩膀上。观众们看到那个
人显然已经睡着了一会儿了，但是费利普并没有
发现〕

费 利 普　迈克斯，〔迈克斯醒过来望着费利普，笑了笑〕
真有那么糟糕吗，迈克斯？

〔迈克斯看着他，再次微微一笑，并摇了摇头〕

迈 克 斯　也许没那么糟。

费 利 普　那他什么时候能来？

迈 克 斯　在大规模炮击的晚上。

费 利 普　那么，在哪儿？

迈 克 斯　在埃斯特雷马杜拉路尽头的一处屋顶上，那儿有
一个小塔楼。

费 利 普　我还以为他会去加拉维达斯呢！

迈 克 斯　我也是这样认为的。

费 利 普　那么，什么时候开始更大规模的炮击？

迈 克 斯　今天晚上。

费 利 普　几点？

迈 克 斯　12 点 15 分。

费 利 普　能肯定吗？

迈 克 斯　你大概看到了那些炮弹，全都堆到外面了。他们
就是一帮马虎的士兵，要不是我这张脸，我甚至

可以一直待在那里，负责操控一门大炮。没准儿他们还会请我做他们的参谋呢！

费 利 普　你在什么地方换的制服？我去那边找过你。

迈 克 斯　在卡拉万切尔的一所房子里。那一带足有几百所无人居住的房子，光我看到的就有104所，就在我们和他们的防线之间。我在那边活动完全没问题，士兵们都很年轻，要是碰上军官我就完蛋了。军官们一看我这张脸，就知道是从哪里来的了。

费 利 普　那我们现在怎么办？

迈 克 斯　我想我们今晚就去，干吗要在这里干等？

费 利 普　路怎么样？

迈 克 斯　全是泥污。

费 利 普　你大概需要多少人？

迈 克 斯　你跟我两人足矣，要么再另找一位跟我一块儿去也行。

费 利 普　不，我亲自去！

迈 克 斯　那太好了！现在先去洗个澡怎么样？

费 利 普　没问题，去吧！

迈 克 斯　也许还需要睡上一会儿。

费 利 普　那我们什么时候出发？

迈 克 斯　9点半。

费 利 普　好吧，可以先睡上一觉。

迈 克 斯　你叫醒我！

　　　　　[他走进浴室。费利普走出房间，关上门，去敲109号的房门]

特 洛 西　［半躺在床上］进来！

费 利 普　你好，亲爱的！

特 洛 西　你好！

费 利 普　你在煮东西吃？

特 洛 西　我刚才是在做来着，但我烦了，不想做了。你饿吗？

费 利 普　是的，很饿。

特 洛 西　锅在那边，你去把炉子打开，一会儿就好了。

费 利 普　你怎么了，布勒齐思？

特 洛 西　你去哪儿了？

费 利 普　出城了一趟。

特 洛 西　出城干什么？

费 利 普　随便转转。

特 洛 西　你把我一个人留在这里一整天，自己倒出去散心了。自从今天早上那个可怜的家伙被枪杀以后，你就把我留在了这里。我在这儿傻傻地等了你一整天，甚至都没人来看看我——除了布莱斯顿，而且还是个讨厌鬼，我只能请他离开。你究竟到哪儿去了？

费 利 普　到处瞎遛达而已。

特 洛 西　奇科特酒吗？

费 利 普　是的。

特 洛 西　那你肯定见到那个可怕的摩尔人了！

费 利 普　哦，是的，阿妮塔！她让我问你好来着。

特 洛 西　她恶劣得让人无法接受，她的问候你还是自己留着吧！

费 利 普　［费利普拿盘子盛了一些炖锅里的东西，尝了尝］
　　　　　我说，这到底是什么呀？

特 洛 西　我不知道。

费 利 普　我是说这个非常不错！是你自己做的吗？

特 洛 西　［害羞地说］是的，你喜欢吃？

费 利 普　我竟然不知道你还会做饭！

特 洛 西　［小心地问］你说的是真心话，费利普？

费 利 普　当然！我说了，很好吃！不过是谁教你把腌鲑鱼放进去的？

特 洛 西　哦，该死的帕塔拉！原来这就是她开的另一听罐头啊。

　　　　　［敲门声，经理走进来。那个挎着自动来复枪的同志紧紧地抓着他的一只胳膊］

挎来复枪的同志　这个同志要见你。

费 利 普　谢谢你，同志！让他进来吧。

　　　　　［挎来复枪的同志放开经理，向费利普敬了一个礼］

经　　理　绝对没问题，费利普先生！肚子饿的时候对香味格外敏感，刚才经过走廊，闻到了饭的香味，就停下来了，不料被这位同志抓住了。一切都很好，费利普先生。绝对没问题，放心好了！祝您好胃口，费利普先生！也祝您好胃口，女士。

费 利 普　嗯，你来得正是时候，我刚好有些东西要交给你。快接着！［他用两只手把那个炖肉的长柄锅、盘子、叉子和勺子都递给了他］

经　　理　不，费利普先生！我不能接受。

费 利 普　集邮家同志，你一定得接受。

经　　理　不，费利普先生！［但他的手全接受了］我不能……你让我感动得快要哭了。绝对不可以！这也太多了。

费 利 普　就这样，不要再说了！

经　　理　你的慷慨把我的心都融化了，费利普先生。谢谢你，衷心地感谢你。［他走了出去，一只手端着锅，另一只手拿着盘子什么的］

特 洛 西　我很抱歉，费利普！

费 利 普　要是不介意，我想来点威士忌兑白水。然后你再帮我开一罐咸牛肉，切一个洋葱。

特 洛 西　可是，亲爱的，我受不了洋葱的味道。

费 利 普　今天晚上那种味道打扰不了我们。

特 洛 西　你的意思是，你今晚不留下来？

费 利 普　我必须出去！

特 洛 西　哦，为什么？

费 利 普　我需要跟手下人在一起。

特 洛 西　我明白了！

费 利 普　你明白？

特 洛 西　是，太明白了。

费 利 普　糟糕极了，对吧？

特 洛 西　简直可恶！一直以来你都在浪费你的生命，真是愚不可及！

费 利 普　可是我正年轻，又大有前途。

特 洛 西　本可以留下共度良宵，你却偏偏要出去，太可恶了！

费 利 普　没办法，这是本能，动物的本能。

特 洛 西　可是，费利普，求求你，还是别去了！你可以在这儿喝点酒，然后做你想做的任何事情。我会高高兴兴地放唱片给你听，当然也会陪你喝一丁点儿，尽管喝了会头疼。要是你喜欢热闹，我们可以再找一些人过来。大家一定会很享受的，费利普！

费 利 普　过来吻吻我。［他把她搂进怀中］

特 洛 西　而且别吃洋葱，费利普。要是你不吃洋葱，我会更爱你的。

费 利 普　好吧，我不吃洋葱！你有番茄酱吗？

　　　　　［门口响起敲门声，挎着来复枪的同志和经理出现在门口］

挎来复枪的同志　这位同志又回来了。

费 利 普　谢谢你，同志！让他进来吧。

经 　 　 理　我过来只想跟您说，偶尔开个玩笑无伤大雅，费利普先生。有意思的玩笑让人愉快，［伤感地］但在目前这种情况下，是不能拿食物开玩笑的，更不能糟蹋了。当然喽，要是您能认真想想的话，您就会觉得我这么说是有道理的。不过没关系，我愿意接受这个玩笑。

费 利 普　把这两个罐头拿去吧！［他从立柜里拿出两听罐头给他］

特 洛 西　这是谁的牛肉？

费 利 普　哦，我猜应该是你的。

经 　 　 理　谢谢你，费利普先生！现在我更觉得这是个好玩

笑了，哈哈，很贵的！是的、是的，但是，谢谢你，费利普先生！也谢谢你，小姐。［他满意地走出去了］

费 利 普　你看，布勒齐思！［他用胳膊环抱着她］千万别介意，如果我今晚让你乏味的话。

特 洛 西　哦，亲爱的，我只想让你留下来！我希望我们今晚能享受一下家庭生活。这里非常好，我可以去收拾一下你的房间，让那里也变得温馨一些。

费 利 普　被我今天早上弄得更乱了。

特 洛 西　要是你想住在那里，我会收拾好它。你可以弄一把舒服的椅子和一个书架，然后再弄一盏阅读灯和几幅画。我这里已经整理好了，你今晚就住这儿吧！你瞧我这儿有多好。

费 利 普　明天晚上吧！

特 洛 西　为什么不是今天晚上，费利普？

费 利 普　哦，今晚可不行！我得出去转转，找找人；另外，我还有个约会。

特 洛 西　什么时间？

费 利 普　12 点 15 分左右。

特 洛 西　那完了就回来吧！

费 利 普　嗯，好吧。

特 洛 西　你随时都可以进来。

费 利 普　真的？

特 洛 西　是的，随时！

［他把她环在臂弯里，用手指梳着她的头发，把她的头向后扳过去亲吻她。楼下传来欢呼声和唱

声，随后听到同志们开始唱《游击队之歌》。他
们唱完了整首歌，那是一支很好听的歌曲]

费 利 普　你简直无法想象这首歌到底有多美！

[这时，楼下的同志们又开始唱《红旗之歌》]

费 利 普　你听过这首歌吗？ [现在，他跟她并肩坐到了床
上]

特 洛 西　听过。

费 利 普　我所认识的那些最高尚的人，甚至都愿意为这首
歌赴死。

[在隔壁房间，你可以看到那个脸上有疤的同志
睡着了。当他们在说话时，他洗了澡，烘干了衣
服，并敲掉了靴子上的泥巴，然后躺在床上睡下
了。在他睡觉时，灯光照在他的脸上]

特 洛 西　[在床上，依偎着费利普] 哦，费利普！求你了，
费利普！

费 利 普　可你知道我今晚并不想做爱。

特 洛 西　[失望地] 这样也好、也好！我只是想让你留下
来享受一下家庭生活。

费 利 普　我必须得走了，真的！

[楼下的同志们正在唱《国际歌》]

特 洛 西　这支曲子总是在丧礼上演奏。

费 利 普　但有时人们在另外的时间也唱。

特 洛 西　费利普，求你别走！

费 利 普　[把她搂在怀里] 不行，我真得走了！再见。

特 洛 西　不，求求你，别走！

费 利 普　敬礼，同志！ [他并没有真的敬礼，而是走进了

隔壁房间。楼下的同志们再次唱起《游击队之歌》]

费 利 普 [在110房间看看睡在那儿的迈克斯，走过去把他推醒了] 迈克斯!

　　　　[迈克斯立刻醒过来，看了看他，又看了看直射的灯光，眨眨眼睛，然后笑了]

迈 克 斯 时间到了?

费 利 普 是啊! 喝一杯怎么样?

迈 克 斯 [从床上折起身，面带笑容，伸手去摸他那双放在电炉前面烘烤的靴子] 好啊! [费利普倒了两杯威士忌，伸手去拿凉水瓶] 别兑水了，把酒都糟蹋了。

费 利 普 来，干杯!

迈 克 斯 干杯!

费 利 普 [费利普放下杯子] 我们走吧!

　　　　　　　　　　– 落幕 –

[楼下的同志们仍在唱《国际歌》。幕落下去的时候，特洛西·布勒齐思正趴在109房间的床上哭泣，哭得肩膀一抽一抽的]

第二幕　第四场

同第三场景，时间是凌晨的 4 点 30 分。两个房间都漆黑一片，特洛西·布勒齐思正在熟睡。迈克斯和费利普从走廊里走过来，费利普拿出钥匙打开了 110 房间的房门，然后把灯打开。他俩对视了一眼，迈克斯摇摇头。两个人浑身沾满了泥泞，几乎无法辨认。

费 利 普　算了，下次再说吧！

迈 克 斯　我非常抱歉！

费 利 普　不是你的错，要洗澡吗？

迈 克 斯　［耷拉着脑袋］你去洗吧，我太累了。

　　　　　　［费利普走进洗澡间，跟着又出来了］

费 利 普　没热水了！我们冒着生命危险住在这个破地方就是为了热水，现在竟然没有热水！

迈 克 斯　［非常困地］对于这次失败，我真是太失望了！我本来认为他们一定会来的，可是……

费 利 普　快去睡觉吧！你真是个出色的侦察员。其实你很清楚，没有谁能完成你所做的那些事情……要是他们取消了这次炮击，可不是你的错。

迈 克 斯　［差不多已经精疲力竭］我实在太困了，困得就像生病了似的。

费 利 普　快到床上去吧！［他帮坐在床上的迈克斯脱掉靴

子和衣服，然后把迈克斯平放在床上]

迈克斯　这床可真舒服啊！[他抱住枕头，叉开两条腿]
　　　　我喜欢趴着睡觉，早上就不会吓到别人了。

费利普　[从浴室出来] 你自己睡吧，我到另一个房间去。
　　　　[他走进浴室，里面传出"哗哗哗哗"的水声。
　　　　之后，他披着浴袍出来，打开了两间房子中间的
　　　　门，从那幅宣传画后面钻了过去，来到床边，上
　　　　了床]

特洛西　[在黑暗中] 亲爱的，已经很晚了吧？

费利普　大概 5 点。

特洛西　[哈欠连连地说] 你去哪儿了？

费利普　我去找人了。

特洛西　[依然充满睡意] 你约会完了？

费利普　[翻到了床的另一边，与特洛西背对着背] 那人
　　　　没出现！

特洛西　[非常困的样子，但仍想与费利普分享信息] 今
　　　　晚没有炮击，亲爱的。

费利普　很好！

特洛西　晚安，亲爱的！

费利普　晚安。[机关枪嗒嗒嗒嗒的声音突然从敞开的窗户
　　　　外面传来。他们安静地躺在床上，然后费利普
　　　　说] 睡着了吗，布勒齐思？

特洛西　[一副迷迷糊糊快睡着的样子] 没有呢，亲爱的，
　　　　如果你想……

费利普　我想要告诉你一些事情。

特洛西　[很困地] 好啊，亲爱的！

费 利 普　我要告诉你两件事情。一件是我非常害怕，一件是我非常爱你。

特 洛 西　哦，可怜的费利普！

费 利 普　当我陷入恐惧时，从未对谁说过我爱你，但我真的很爱你，懂吗？你听见我的话了吗？能感受到我对你的爱吗？

特 洛 西　为什么这么问？我一直都爱着你的，而且你也确实很可爱。

费 利 普　其实在白天我不爱你，白天的时候我谁都不爱。听着，我也想说点什么。你愿意嫁给我，或者永远和我在一起去任何我想去的地方吗？你听到我的话了吗？你瞧，我总算说出来了！

特 洛 西　是的，亲爱的，我愿意嫁给你！

费 利 普　你瞧，我在夜里有多可笑，不是吗？

特 洛 西　我非常渴望能够跟你结婚，然后再通过努力过上幸福生活。你知道我并没有自己说的那么愚蠢，不然我也不会到这儿来。而且，当你不在家的时候，我也会工作的。我只不过不会做饭而已，但你可以雇个佣人来做饭。唉！我就是喜欢你宽阔的肩膀，走起路来像大猩猩，另外还有一张好玩儿的脸。

费 利 普　当我最终完成了这件事，我的脸没准儿会变得更好玩儿。

特 洛 西　你的恐惧消除一些了吗，亲爱的？想对我说说吗？

费 利 普　哦，让它们见鬼去吧！这种恐惧已经跟随我很久了，要是有一天它们离我而去，我会很不习惯的。还是让我跟你说说另外一件事情吧。[他说得非常慢] 我想跟你结婚，然后离开这个鬼地方，摆脱掉这儿的一切。这些话我对你说过吧？还记得吗？

特 洛 西　是的，亲爱的！有朝一日，我们一定可以这样的！

费 利 普　不，我们不会这样！即便是夜里躺在床上，我仍然知道我们不会这样。但是我喜欢这么说。啊，我爱你！真是该死，真是该死！但我真的爱你。你在听我说吗？

特 洛 西　是的，亲爱的！我非常喜欢听你这么说。现在给我讲讲你的恐惧吧，讲出来也许就过去了。

费 利 普　不！每个人都有自己的恐惧，我可不想把这份恐惧再传递给你。

特 洛 西　那我们睡一会儿吧，我的大个子，我可爱的暴风雪。

费 利 普　又到白天了，我已经完全清醒。

特 洛 西　还是睡一会儿吧，拜托你了。

费 利 普　不，布勒齐思。不管之前我对你说了什么，现在天亮了。

特 洛 西　[很有感染力的嗓音] 是的！亲爱的，不过，还是睡一会儿吧。

费 利 普　不可能再睡了，布勒齐思，除非你拿榔头在我脑袋上猛敲一下。

－落幕－

第三幕　第一场

　　时间：五天后的一个下午。还是在佛罗里达旅馆的 109 房间和 110 房间。

　　背景同第二幕第三场，不同的是两个房间之间的门敞开着。费利普室内那幅宣传画的下端在摆动。床边的床头柜上摆着一只插满菊花的花瓶。床右侧靠墙的位置放着一只书架。几把椅子上罩着印花棉布椅垫。窗户上挂着用同样材料做的窗帘，床上罩着同样布料的床罩。所有的衣服都整整齐齐地挂在衣架上，费利普的三双靴子全部都用鞋油擦得锃亮。帕塔拉正把它们放进鞋柜。在隔壁的 109 房间，特洛西正在镜子前试穿一件银狐披肩。

特 洛 西　帕塔拉，你过来一下！

帕 塔 拉　［放好靴子后，她挺直了瘦小羸弱的身子］是，小姐。［帕塔拉转身出门，走向 109 号房间的正门，一边敲一边开门，然后一脸惊异地将两只手握在了一起］哦，小姐，真是太漂亮了！

特 洛 西　［看着镜子里自己的肩膀］不太舒服，帕塔拉。也不知道他们怎么搞的，感觉有点别扭。

帕 塔 拉　看上去挺好的啊，小姐！

特 洛 西　不，领子有点不对劲。我讲不好西班牙语，没法跟那个傻瓜皮货商讲清楚，他就是个傻瓜。

　　　　　　［走廊里传来脚步声，是费利普。他打开了 110

房间，朝里面看了一眼，然后进屋，脱去皮夹克
随手扔到了床上，接着又把贝雷帽扔向了角落的
衣架。帽子掉在了地上。他坐在罩着印花椅套的
椅子上，脱下了靴子。他把滴答着水的靴子放在
地板中间，又站起身走到床边。他从床上拿起皮
夹克，把它扔向椅子，然后顺势半躺在了床上，
并从床罩下抽出几只枕头垫在后背处，打开了阅
读灯。他欠着身打开了双门床头柜，伸手从里面
拿出一瓶威士忌。床头柜上放着一个凉水瓶，上
面倒扣着一只玻璃杯。他拿起那只玻璃杯，往里
面倒了一点点威士忌，又抓起凉水瓶，朝里面兑
了些水。他左手端着酒杯，右手则伸到书架上取
下一本书，并靠在床头上安静了一会儿，随后又
耸耸肩，不舒服地扭了扭身子。最终，他从腰带
下抽出一支手枪，把它放在身边，跟着屈起膝
盖，喝了第一口酒，开始看书]

特 洛 西　[从隔壁房间] 费利普，费利普，亲爱的!

费 利 普　什么事儿，亲爱的?

特 洛 西　请到这边来，好吗?

费 利 普　今天不过去了，宝贝儿!

特 洛 西　我想让你看一样东西。

费 利 普　[眼睛一直盯着书本] 你把它拿过来吧。

特 洛 西　那好吧，亲爱的。[她站在镜子前，最后看了一
　　　　　眼披肩。她披着披肩显得非常漂亮，而且也看不
　　　　　出衣领有什么不合适的。她身披披肩骄傲地走进
　　　　　110 房间，并在费利普面前转了一圈，整个动作

　　　　　　　既雅致又优美，简直像个模特]

费　利　普　　[一脸惊奇地] 从哪里弄来的？

特　洛　西　　是我买的，亲爱的！

费　利　普　　你买的？你拿什么买的？

特　洛　西　　当然是西班牙钱喽！漂亮吗？

费　利　普　　[冷漠地说] 很漂亮。

特　洛　西　　你不喜欢它？

费　利　普　　[仍然盯着披肩] 非常漂亮。

特　洛　西　　你怎么了，费利普？

费　利　普　　没什么。

特　洛　西　　你难道不希望我拥有一些漂亮的东西？

费　利　普　　那是你自己的事情。

特　洛　西　　可是，亲爱的，这个非常便宜，才花了一千二百
　　　　　　　比塞塔。

费　利　普　　在国际纵队里，这是一个人一百二十天的薪水！
　　　　　　　想想吧，这可是四个月啊！我还没见过有谁可以
　　　　　　　在前线待四个月而不受伤，或不死去的。

特　洛　西　　可是，费利普，这跟国际纵队没有一点关系。这
　　　　　　　些钱是我在巴黎用一美元兑五十比塞塔换来的。

费　利　普　　[冷冷地] 是吗？

特　洛　西　　确实如此，亲爱的！再说了，这些钱都是我的，
　　　　　　　只要我乐意，为什么不能买狐皮呢？它们就摆在
　　　　　　　橱窗里，总会有人买的，而且一张狐皮还不到二
　　　　　　　十二美元。

费　利　普　　真是好极了！一共有多少张狐皮？

特　洛　西　　大概十二张吧。唉，费利普，别生气了！

费 利 普　你在这场战争中发了不少财吧？你是怎么把西班牙钱偷带进来的？

特 洛 西　我把它们放在了一只默牌罐子里。

费 利 普　默，啊，默！真是个好词，不是吗？就这么"默"着"默"着，你把这笔钱的铜臭味都洗掉了，对吧？

特 洛 西　费利普，你也太道貌岸然了吧？

费 利 普　我在经济方面是有底线的。我可不认为什么默牌或太太小姐们用的另一种可爱的东西，就能把那些从黑市上搞来的西班牙钱漂白。

特 洛 西　费利普！要是你继续对这件事耿耿于怀，我就从你身边离开！

费 利 普　好啊！

　　　　　〔特洛西抬脚往外走，但到了门口又转过身来〕

特 洛 西　〔恳切地说〕别再为这件事生气了，好吗？你只需换个角度，就会为我拥有这样一条可爱的披肩感到高兴的。你知道在你进来之前，我在想什么吗？我在想，如果我们此刻身在巴黎会怎样做？

费 利 普　巴黎？

特 洛 西　是的，巴黎。想想看吧，那时天渐渐黑下来了，我在利兹饭店的包间和你约会。我就是披着这条披肩，坐在那里等你。你进来了，穿着一件双排扣卫兵大衣，非常潇洒，而且还戴着一顶礼帽，握着一柄手杖。

费 利 普　你一直在看那本名叫《老爷》的美国杂志？你不

应该看那上面的文字，你应该只看图片！

特 洛 西　然后呢，你要了一杯兑裴丽雅矿泉水的威士忌，我点了一杯鸡尾酒。

费 利 普　我可不喜欢那些！

特 洛 西　你说什么？

费 利 普　我是说你讲的故事。你要是喜欢做白日梦，请别把我扯进去，好吗？

特 洛 西　不就是闹着玩嘛，亲爱的，何必认真？

费 利 普　好吧，不过我再也不想闹着玩了！

特 洛 西　但你以前玩过的啊，亲爱的？而且还玩得不亦乐乎。

费 利 普　以后就算了。

特 洛 西　可是，我们不是朋友吗？

费 利 普　哦，朋友，是的！在战争中，你需要跟各色各样的人交朋友。

特 洛 西　亲爱的，求你别再说了！难道我们不是情人吗？

费 利 普　哦，当然，当然是了，为什么不是呢？

特 洛 西　我们不是要一起离开，摆脱这个鬼地方，快快乐乐地生活吗？就像你总是在夜里对我说的那样。

费 利 普　不，那种情况永远也不可能发生！你不能相信我在夜里说的，我在夜里总撒谎。

特 洛 西　但我们为什么就不能做你在夜里所说的那些呢？

费 利 普　因为现在我不能继续跟你在一起好好地过日子，快乐地生活。

特 洛 西　可是……为什么？

费 利 普　因为……主要是……我发现你太忙了，而且跟其他事情相比，又不是那么重要。

特 洛 西 可你也没闲着啊？

费 利 普 ［他发现自己说得太多了，但还得继续往下说］是的，但等这一切结束了，我得去上一堂纪律课，彻底改掉我已经染上的无政府主义恶习。我也许会被派回国做先锋队的工作，或诸如此类的事情。

特 洛 西 我无法理解。

费 利 普 是的、是的，你永远也无法理解。这就是我们不能继续待在一起，好好过日子的理由。

特 洛 西 太可怕了，简直比"骷髅头和骨头"还可怕！

费 利 普 什么意思？什么"骷髅头和骨头"？

特 洛 西 一个神秘组织，我认识的一个人曾经加入过他们，幸亏我还有些理智，没有嫁给他。他们会在你结婚之前把一切都告诉你，并把你也吸纳进去。当他们告诉我的时候，我就把婚约取消了。

费 利 普 嗯，看来是个很不错的例子。

特 洛 西 可是，难道我们就不能这样下去吗？只要我们彼此拥有，即使不能永远在一起，也可以平心静气地享受眼前的一切。

费 利 普 要是你喜欢的话。

特 洛 西 我当然喜欢！［她已经从门口走回。在两个人说话时，她一直站在床边。费利普抬头看她，接着站起来，把她搂进怀里，随即又把她连同那件银狐披肩一起抱起来放在了床上］

费 利 普 它摸上去又细又软。

特 洛 西　而且一点儿臭味也没有，对吧？

费 利 普　[他把脸埋进她的狐皮里] 嗯，没错，一点儿也不臭！你披着它确实很可爱。我爱你，我什么也不在乎了，我说到做到！可是……现在才下午五点半。

特 洛 西　我们应当及时享受，对吧？

费 利 普　[一点愧疚也没有] 这些狐皮的感觉真是太好了，我很高兴你买了它们。

　　　　　[他紧紧地搂着她]

特 洛 西　我们既然拥有它，就应该享受它。

费 利 普　对，让我们享受它吧！ [有人敲门，门把转动起来，迈克斯走进门来。费利普从床上下来。特洛西仍然坐在床上]

迈 克 斯　但愿我没有打扰到你们。

费 利 普　没有，一点也没有！迈克斯，这是一位美国同志，布勒齐思；这位是迈克斯同志。

迈 克 斯　敬礼，同志！

　　　　　[他走到特洛西仍然坐着的床边，伸出手去。特洛西和他握了握手，随即将脸转向了别处]

迈 克 斯　你现在忙吗？

费 利 普　不，一点也不忙！你想喝一杯吗，迈克斯？

迈 克 斯　不了，谢谢。

费 利 普　[讲西班牙语] 有新消息了？

迈 克 斯　[讲西班牙语] 是的。

费 利 普　你不想喝一杯？

迈 克 斯　不了，谢谢。

特 洛 西　不打搅你们了，我走了。

费 利 普　你不用离开。

特 洛 西　等会儿我再来。

费 利 普　那好吧。

迈 克 斯　[看到她要出去，非常有礼貌地] 敬礼，同志！

特 洛 西　敬礼！ [她把两个屋子中间的门关上，然后从正门出去了]

迈 克 斯　[只剩下他们两个的时候] 她是我们的同志吗？

费 利 普　不是！

迈 克 斯　但你在介绍她时说她是同志。

费 利 普　一种称呼而已。在马德里，你可以叫任何一个人为同志，因为大家都在为同一目标而工作。

迈 克 斯　但还是不太好。

费 利 普　对，我也觉得不大好。好像有一次我也是这么说的。

迈 克 斯　刚才你怎么称呼她？布勒齐思？

费 利 普　对，布勒齐思。

迈 克 斯　你对她是认真的？

费 利 普　认真？

迈 克 斯　是的，你知道我在说什么。

费 利 普　我可不想这么说！她甚至是滑稽可笑的，在某些方面。

迈 克 斯　你花不少时间陪她吧？

费 利 普　不多，也不少。

迈 克 斯　花谁的时间？

费 利 普　我自己的时间。

迈克斯　一点也没占用党的时间？

费 利 普　我的时间其实就是党的时间。

迈克斯　我说的也是这个意思。我很高兴你这么快就能想到这一层。

费 利 普　是的，我理解起来是挺快的。

迈克斯　请不要无缘无故地发火。

费 利 普　我没发火，只是觉得我不该做个该死的修道士。

迈克斯　费利普同志，你根本不像一个该死的修道士！

费 利 普　真的吗？

迈克斯　也没人指望你去做一个修道士——从来没有！

费 利 普　是的。

迈克斯　我只关心我们的工作，怕她打搅了你。她从哪儿来的？背景是什么？

费 利 普　你去问她啊！

迈克斯　这么一说，我觉得还真有必要问一问。

费 利 普　难道我没按规矩办事儿？有谁抱怨了吗？

迈克斯　现在有了。

费 利 普　谁抱怨了？

迈克斯　是我在抱怨。

费 利 普　哦，是吗？

迈克斯　是的！我本该在奇科特酒吧和你碰面。要是你不在那里，至少应该给我留个话。我准时到了奇科特，你果然不在，也没留话。我就来这里找你，却看见你正抱着一大堆银狐皮。

费 利 普　难道你从来没有需求？

迈克斯　在我闲下来又不太累的时候，我会去找一个多少能给我一点安慰的人，但她总是躲着我。

费 利 普　那么，你随时都有这样的需求吗？

迈 克 斯　当然，我又不是圣人！

费 利 普　可你的确是圣人啊！

迈 克 斯　也许吧，但是有时不是；不过我总是很忙。好
　　　　　了，还是让我们谈点别的吧！今晚我们必须再去
　　　　　一趟。

费 利 普　好的。

迈 克 斯　你想去吗？

费 利 普　迈克斯同志，我同意你关于这姑娘的看法，但请
　　　　　你不要侮辱我，更不要在工作上盛气凌人！

迈 克 斯　这姑娘……她没什么问题吧？

费 利 普　是的，没问题！或许她对我影响不好，而且就像
　　　　　你所说的，我可能确实是在浪费时间，但她绝对
　　　　　是个正派人。

迈 克 斯　那好吧！但你得知道，我可从来没有见过那么多
　　　　　的狐皮。

费 利 普　她是个十足的大傻瓜，但她的确跟你我一样
　　　　　正派。

迈 克 斯　你现在还正派吗？

费 利 普　我希望是这样。不过当你不再正派时，能表现出
　　　　　来吗？

迈 克 斯　哦，倒也是。

费 利 普　那么，我看起来怎么样？［他站在镜子前面注视
　　　　　着自己。迈克斯看着他，慢慢地笑起来，跟着点
　　　　　了点头］

迈 克 斯　在我眼里，你还是那样正派。

费 利 普　你还想去隔壁盘问她的背景吗？

迈 克 斯　不！

费 利 普　她和那些从美国来的姑娘们有着差不多的背景。
她们都上过大学，家里有点钱，只不过有的钱多
点，有的钱少点，但一般都是钱少了。她们有抱
负，在欧洲交男朋友、谈恋爱、打胎，然后再交
男朋友、谈恋爱、打胎，直到结婚，过安定的生
活；或者不结婚过安定的生活。她们开店或在店
里工作，有些人写作，有些人玩音乐，有些人则
进入演艺界做了电影演员或走上了舞台。她们有
个名叫"青年女子联盟"的组织，应该是那些没
结婚的姑娘们相互交流、相互帮助的场所，不过
全是公益的。而我们这位是写作的，并且写得很
不错，当然是在她不偷懒的情况下。你可以让她
亲口告诉你更多，只要你愿意；不过说实话，这
多少有些无聊。

迈 克 斯　算了，我一点兴趣也没有。

费 利 普　我还以为你很感兴趣呢。

迈 克 斯　不！我考虑过了，一切全交给你去办。

费 利 普　什么全交给我办？

迈 克 斯　关于这姑娘，你去处理，也应该由你处理。

费 利 普　我没多大信心。

迈 克 斯　我有。

费 利 普　［苦笑着］我有时真是烦透了，很厌倦现在的生
活，甚至憎恨它。

迈 克 斯　当然、当然。

费 利 普　是的，你现在却让我抛下这一切。是我杀了那个倒霉的年轻人——威尔金森，就因为我疏忽大意。千万别跟我说不是这么回事儿。

迈 克 斯　你现在有点不理智了！不过你当时确实不够谨慎，不应该那样的。

费 利 普　这完全是我的过失，是我把他留在那儿的。他留在我的房间，坐在我的椅子上，却没有关房门。我没打算把他留在那个地方的。

迈 克 斯　你不是有意把他留在那儿的。既然事情已经过去了，就没必要再想了。

费 利 普　不，那正是疏忽大意的结果。

迈 克 斯　无论如何，就算他当时逃过了一劫，后来也有可能牺牲的。

费 利 普　哦，当然，这样就可以让事情变得无可指摘，对吗？这实在是太他妈的令人满意了！我还真没这么想过。

迈 克 斯　费利普，我之前也见过你情绪低落。我相信你会好起来的。

费 利 普　是啊，但你知道我好起来后会怎样吗？我会喝上一打威士忌，然后去找个婊子。这是你认为我好起来的样子吗？

迈 克 斯　不是！

费 利 普　我对这一切实在是烦透了！你知道我最想去哪儿吗？去像维埃拉的圣特罗佩那种地方，早上起床后闻不到任何战争的血腥，只有一杯加牛奶的咖啡，以及涂上新鲜草莓酱的奶油鸡蛋卷和火腿，全都放在盘子里。

迈 克 斯　还有这个姑娘。

费 利 普　对，这个姑娘！你他妈的真说对了，还有一大堆银狐皮什么的。

迈 克 斯　我告诉过你，她对你不会有帮助的。

费 利 普　未必，对我或许会有些好处。我做这一行太久了，现在真他妈的厌倦了。我厌倦了所有这一切。

迈 克 斯　你这么做是为了让所有人都能吃上这样的早餐，你这么做是为了让人不再挨饿，你这么做是为了让人们不再担心生老病死！只有这样，他们才可以有尊严地工作和生活，而不至于像个奴隶似的。

费 利 普　当然、当然，这些道理我明白的！

迈 克 斯　你要是真明白这些，就算有点儿疏忽，也是可以理解，谁能不犯错误呢？

费 利 普　但这次是个非常大的错误，而且我有这个毛病很久了。自从认识了这个姑娘，我不敢确定究竟会对我产生怎样的影响。

[一发炮弹呼啸而来，在街上爆炸，紧接着传来一个孩子的尖叫声，最初是高声，然后声音变得短促、尖锐，并渐渐微弱。又传来人们在街上奔逃的声音。又一发炮弹呼啸而至。费利普打开了窗户。炮弹过后，又传来人们奔跑的声音]

迈 克 斯　你做这一行就是为了终止这一切。

费 利 普　真他妈的下流！他们计算好了时间，故意在电影
　　　　　院散场时开炮。

迈 克 斯　你听见了吗？你所做的一切是为了整个人类，是
　　　　　为了这些孩子，而且在某种意义上，甚至是为了
　　　　　那些猫狗。现在，去跟你女朋友待一会儿吧，她
　　　　　应该很需要你。

费 利 普　不！让她自己承受吧，她有那些银狐皮呢。快让
　　　　　这一切见鬼去吧！

迈 克 斯　不，你快去吧，她真的需要你。［又飞来了一发
　　　　　炮弹，呼啸着响了很久，然后当街爆炸。但这次
　　　　　没有奔跑声和嘈杂声］我也好在这里躺一下，赶
　　　　　快过去吧！

费 利 普　好吧，就听你的，你怎么说我就怎么做。［他走向
　　　　　房门，把门打开。又一发炮弹飞来，嗖嗖地响了
　　　　　好一阵儿，最终落在地上，爆炸开来。这次离旅
　　　　　馆比较远］

迈 克 斯　这仅仅是小规模炮击，大的要等到晚上才来。

费 利 普　［打开了隔壁房门。隔着房门，传出了他单调的
　　　　　嗓音］嘿，布勒齐思，你好吗？

　　　　　　　　　－落幕－

第三幕　第二场

在去往埃斯特雷马杜拉区的马路的尽头，有一所房屋被炮火击中，那是一处观察哨。

观察哨设在一座塔楼内，这是一栋曾经十分辉煌的建筑，一架梯子替代了原先的盘旋式楼梯，直接通向哨所。而原来的楼梯已被炮火摧毁，正扭曲着挂在一旁。塔楼的顶端是一处面向马德里的观察哨。此刻正值晚上，堵着窗户的沙袋已被搬开，从窗户往外望一片漆黑，什么也看不见，因为马德里的灯火已全部熄灭。哨所的墙上挂着大比例尺军用地图，上面用彩色的图钉和胶带标着一些目标。在一张普通的桌子上，放着一部野战军用电话。右侧的墙体上有一处狭窄的洞，支着一具德式特大型测距仪，旁边放着一把椅子。另一处墙洞则支着一具普通大小的双筒测距仪，底座旁边也有一把椅子。屋子右边另有一张普通桌子，上面也有一部电话机。梯子下面站着一个哨兵，右肩挎了一支上着刺刀的来复枪。在顶部的那间屋子里，另有一名哨兵。楼层的高度几乎与哨兵相当。幕布拉起时，两名哨兵正站在他们的岗位上。两名信号员则伏在较大的那张桌子前。幕布完全升起后，观众看到一辆汽车的灯光正明晃晃地照在塔楼的梯子上。灯光越来越耀眼，刺得梯子下面的哨兵几乎睁不开眼睛。

哨　　兵　把灯关掉！［灯光却仍然亮着，用几乎能刺瞎人眼的强光，把那个哨兵照得通体发亮。他举起来

复枪，瞄准车灯方向，"咔嚓咔嚓"地拉着枪栓]
快把灯关掉！

[他说得异常缓慢、清晰、凶狠，给人感觉他一定会开枪的。车灯熄灭，有三个人从位于舞台边的汽车里走出来，其中两个穿着相同的军官制服，一个高壮，一个瘦小。那个小个子打扮得很优雅，穿着一双锃亮的马靴，被高个人手中的手电筒照得闪闪发光。还有一位文官，紧紧地跟在两位军官身后。他们从左边走上舞台，走近了梯子]

哨　　兵　[喊出口令的上半句] 胜利……

瘦小军官　[厉声厉气和藐视地] 属于应得的人们。

哨　　兵　通过！

瘦小军官　[冲着文官] 从这儿爬上去。

文　　官　我来过这里。

[于是三个人爬上了梯子。楼顶上的哨兵看见那个高壮军官的帽徽，便举枪敬礼。两名信号兵仍坐在电话机旁，动也不动。高壮的军官走向桌子，后面跟着那个文官和穿着光亮马靴的军官，显然他只是个副官]

高壮军官　这两个信号兵怎么回事儿？

副　　官　[冲着信号兵] 你们咋回事儿？快起来立正！

[信号兵无精打采地站起来立正]

副　　官　稍息。

[信号兵坐下，那个高壮的军官开始研究墙上的地图。文官则通过测距仪往外看着，但在黑暗中

什么也看不清]

文　　官　　炮击是定在半夜吗？

副　　官　　[冲着高壮的军官] 什么时候开始炮击，长官？

高壮军官　　[带点德国口音] 你的话太多了！

副　　官　　对不起，长官！您请看一下这些！[他递给高壮
　　　　　　长官一沓由打字机打印好的命令。高壮军官接过
　　　　　　来扫了一眼，又把文件还给了他]

高壮军官　　[用深沉的嗓音] 我很清楚这些，都是我写的。

副　　官　　是的，长官！我想您可能希望亲自核实一下。

高壮军官　　我早核实过了。

　　　　　　[其中一部电话机的铃声响起。桌旁的信号兵拿
　　　　　　起电话来听]

信 号 兵　　是的！不，好的，好的。[他向高壮军官点头示
　　　　　　意] 您的电话，长官！

高壮军官　　[拿起电话] 喂，是的。没错！你是个傻子吗？
　　　　　　按命令执行！齐射就是齐射，费什么话？[他挂
　　　　　　上话筒，看看自己的表。冲着副官] 你的表这会
　　　　　　儿几点？

副　　官　　十二点差一分，长官。

高壮军官　　我真是在跟一群笨蛋打交道。在这儿根本谈不上
　　　　　　指挥，要军纪没军纪，要服从没服从。见到一位
　　　　　　将军进来，信号兵们连站都不愿站起，而炮兵队
　　　　　　长却一再要求解释命令，真是活见鬼了！你刚才
　　　　　　说是几点了？

副　　官　　[看一下自己的表] 十二点差三十秒，长官。

信 号 兵　　炮队打来了六次电话，长官！

高壮军官　[点燃一支雪茄] 什么时间了?

副　　官　差十五,长官。

高壮军官　什么差十五?

副　　官　差十五秒十二点,长官!

　　　　　[正在这时,枪声响起。这声音和炮弹的声音全然不同,先是一阵尖厉的嘭嘭声,就像一面铜在扩音器前猛烈地敲打,随后是嗖、嗖、嗖的声音。这是一发发炮弹飞射出去时的声响,紧接着远处传来阵阵爆炸声。另一支较近位置的炮队也开始射击,声音更响,跟着,所有炮队全都急促地发射起来,"砰砰砰"的发射声夹杂着炮弹在空中的呼啸,震撼了整个舞台。透过敞开的窗户,观众可以看到被炮火点亮的马德里天空。高壮军官站在那架大型测距仪前,文官站在双筒测距仪前。副官则从文官的肩膀后面伸着脑袋向前观望]

文　　官　啊! 上帝,多么美妙的景致啊!

副　　官　这帮迈克思主义的杂碎,今晚不死他一大批才怪! 这回必须直捣他们的老巢。

文　　官　看上去真是太棒了!

将　　军　[他的眼睛并没有从测距仪上移开] 你们满意了?

文　　官　实在是太妙了,我们可以持续多久?

将　　军　先给他们来上一个小时,然后停火十分钟,接着再来他十五分钟。

文　　官　炮弹不会落在萨拉曼卡区吧? 我们的人几乎全在那边。

将　　军　　会有一些落在那边。

文　　官　　什么？怎么会这样？

将　　军　　那是西班牙炮队出的错。

文　　官　　为什么要用西班牙炮队？

将　　军　　西班牙炮队可不像我们这般优秀。［文官没再说话。炮队继续射击，但已经不像刚才那样频繁。突然传来一阵炮弹飞过来的嗖嗖声，紧跟着是一声巨大的爆炸。显然是一发炮弹落在了观察哨附近］哈，他们开始还击了！［此时，观察哨里没有灯光，只有炮火的闪光和梯子下面哨兵抽烟时的一点点红光。只见香烟的红光在黑暗中忽然划出了一段弧线，紧跟着是哨兵倒在地上时沉重的声响。而另外一枚炮弹也以同样急促的呼啸声飞过来，在爆炸的闪光里观众看到有两个人正在爬上梯子。］

将　　军　　［站在测距仪前］马上给我接加拉维达斯。

　　　　　　［信号兵打电话，之后又打一次］

信 号 兵　　对不起，长官！电话线断了。

将　　军　　［对另外一名信号兵］快给我接师部！

信 号 兵　　我没有电话线，长官！

将　　军　　那就赶快派人去追踪线路故障，笨蛋！

信 号 兵　　是，长官！［他在黑暗中站起身来］

将　　军　　那个哨兵怎么可以吸烟？这算什么军队，是《卡门》里的合唱队吗？［在梯子顶端，那位哨兵嘴里点燃的香烟也划出了一道长长的抛物线，像是被抛到了远处，紧接着是一个人重重的倒地声。

　　　　　一道手电光照亮了测距仪边上的三个人和两个信
　　　　　号兵]

费 利 普　[从梯子顶端一扇敞开的门里，用低沉的嗓音平
　　　　　静地说] 举起你们的双手！别逞能，不然让你们
　　　　　脑袋开花！[他手握一支来复枪，是刚才他登梯
　　　　　子时挎在肩膀上的] 我说的是你们五个！快叫他
　　　　　们待到边上去，你这胖杂碎！

迈 克 斯　[右手握着手榴弹，左手拿着手电] 你们谁敢吱
　　　　　一声，或者动一下，就全打死你们！听到没有！

费 利 普　你想要哪个？

迈 克 斯　只要那个胖子和文官。把其他人的嘴都封起来！
　　　　　你带胶布了吗？

费 利 普　[用俄语回答] 带了。

迈 克 斯　你们要知道，我们是俄国人。在马德里到处都是
　　　　　俄国人！快，同志，快用胶布封住他们的嘴！在
　　　　　我们离开前要把这东西扔在这里。看吧，保险已
　　　　　经拔掉了！[大幕落下之前，费利普握着自动来
　　　　　复枪朝着那帮人走去。在手电的光柱中，他们个
　　　　　个脸色煞白。炮队还在发射。从屋子下面的地面
　　　　　上，传来一声叫喊——"快把灯灭掉！"] 好的，
　　　　　士兵，就一分钟！

　　　　　　　　　　　－落幕－

第三幕　第三场

　　大幕徐徐升起，在同第二幕第一场一样的保安局总部的一间屋子里，治安委员安东尼正坐在桌子后面，费利普和迈克斯则满身泥污，衣服也破烂不堪，分别坐在那两把椅子上。费利普仍旧背着那支自动来复枪。从观察哨抓来的文官弄丢了贝雷帽，其军用雨衣的背部也被撕成两片，一只衣袖耷拉了下来。此刻，他正站在桌子前，面对着安东尼，左右两边则各站了一名突击队员。

安 东 尼　[冲两名突击队员] 好了，你们走吧！[两个人行
　　　　　 了军礼，挎起来复枪，从右边退下] [冲着费利
　　　　　 普] 另外那个呢？

费 利 普　回来的时候给丢了。

迈 克 斯　他太重，还不愿意走路。

安 东 尼　真可惜，本来是个很难得的俘虏。

费 利 普　这种事不可能干得像电影里那样。

安 东 尼　话虽这么说，但还是希望能把他弄到手！

费 利 普　要不我画一张地图，你派人过去找找看？

安 东 尼　真的？

迈 克 斯　他是个军人，永远不会开口的。我也很想审问
　　　　　 他，但没一点用的。

费 利 普　等把这里的事情处理完，我给你画一张草图，你
　　　　　 可以派人去找他。但是没人能搬得动他。我们把

他留在了一个很合适的地方。

文　　官　［歇斯底里地喊道］他们撒谎，他们把他杀了！

费 利 普　［轻蔑地］闭嘴？

迈 克 斯　我向你保证，他永远也不会开口的，我很了解他
　　　　　这种人。

费 利 普　你知道的，我们原本也没有期待能一下子抓俩回
　　　　　来；更要命的是另外一个尺码太大，到后来竟然
　　　　　不想走了，还摆出一副静坐的样子。我不知道你
　　　　　是否在夜里去过那边，那里有两三处特别难走。
　　　　　所以，你应该明白，我们当时也他妈的没有选择
　　　　　的余地。

文　　官　［歇斯底里］所以你们就杀了他！我亲眼看见他
　　　　　们这么做了。

费 利 普　你还是安静点吧，好吗？没有谁想征求你的
　　　　　意见。

迈 克 斯　你还需要我们吗？

安 东 尼　不需要了！

迈 克 斯　我想我应该走了。我不怎么喜欢这样的场景，回
　　　　　头回忆起来负担太重。

费 利 普　你还需要我吗？

安 东 尼　也不需要。

费 利 普　你根本不用担心，你能得到你想要的一切——什
　　　　　么名单啊，地点啊，等等，全在这家伙的脑袋里。

安 东 尼　很好！

费 利 普　你也用不着担心他不肯开口，这家伙可是个
　　　　　话痨。

安 东 尼　他是个政客！是的，我倒是跟不少政客聊过天。

文　　官　[歇斯底里] 你们永远也别想让我开口！永远、永远、永远！

　　　　　[迈克斯和费利普对视了一下，费利普咧开嘴笑了]

费 利 普　[非常冷静地] 你现在就在开口啊，难道你没注意？

文　　官　不，不！

迈 克 斯　要是没什么问题，我得走了。[他站起身来]

费 利 普　我想我也该走了。

安 东 尼　你们难道不想留下来听听？

迈 克 斯　拜托，不听了！

安 东 尼　会非常有意思的。

费 利 普　关键是我们累了。

安 东 尼　真的会是非常、非常有意思！

费 利 普　我们明天再来。

安 东 尼　我劝你们还是留下来听听。

迈 克 斯　还是算了吧！你不介意的话，权当是帮我们一个忙好了。

文　　官　你们想把我怎么样？

安 东 尼　不怎么样，只是觉得你应该回答几个问题。

文　　官　你们趁早死了这条心吧，我永远不会开口的！

安 东 尼　哦，不！你绝对会开口的，我保证。

迈 克 斯　拜托、拜托！我真得走了。

- 落幕 -

第三幕　第四场

　　场景同第一幕第三场，不过时间是黄昏时分。大幕升起，观众到两间卧室，特洛西·布勒齐思的那间屋子漆黑一团，费利普的屋子则开着灯，拉上了窗帘。费利普脸朝下趴在床上，阿妮塔坐在床边的一把椅子上。

阿 妮 塔　费利普！

费 利 普　[不转身也不看她] 干吗？

阿 妮 塔　请问，费利普。

费 利 普　你想问他妈的什么？

阿 妮 塔　请问威士忌在哪儿？

费 利 普　在床下。

阿 妮 塔　谢谢！[她往床下扫了一眼，跟着半个身子爬到了床底下] 没有啊？

费 利 普　那就再去衣柜找找！难道又有人来这儿打扫过了？

阿 妮 塔　[走到衣柜前面，打开柜门。她仔细地往里看] 全都是空瓶子。

费 利 普　你倒像个小侦察兵，过来吧！

阿 妮 塔　我只想找一瓶威士忌。

费 利 普　再去床头柜里看看。

　　　　　[阿妮塔走到床头柜旁边，打开柜门，终于拿出了一瓶威士忌，然后进浴室找到一只玻璃杯，倒出了一点威士忌，并从床边的凉水瓶中倒了一些

水搀进酒中〕

阿 妮 塔　费利普，快喝了它！你会感觉好点的。

费 利 普　〔坐起来，看着她〕嘿，黑美人儿，你是怎么进
　　　　　　来的？

阿 妮 塔　用旅馆的备用钥匙。

费 利 普　哦。

阿 妮 塔　见不到你的人影儿，我非常担心，就来这儿了。
　　　　　　他们说你在房间，但我敲门也没有回音，再敲，
　　　　　　还是没回音。我就让他们用备用钥匙给我开门。

费 利 普　他们就照办了？

阿 妮 塔　我跟他们说是你让我过来的。

费 利 普　我叫了吗？

阿 妮 塔　没有。

费 利 普　即便这样，说明你还是很贴心的。

阿 妮 塔　费利普，你还在跟那个高个子金发女人好吗？

费 利 普　我不知道，我也有些迷惑了。看上去事情越来越
　　　　　　复杂了，每当夜幕降临，我就会向她求婚；可是
　　　　　　第二天天一亮，我就又告诉她我不是那个意思。
　　　　　　我也在想，事情不能再这样下去了，绝对不能！
　　　　　　〔阿妮塔坐到他身边，拿手轻轻地抚了一下他的
　　　　　　头，并向后梳了梳他的头发〕

阿 妮 塔　你感觉很不好，对吧？我明白。

费 利 普　给你说一个秘密吧！

阿 妮 塔　好啊！

费 利 普　我感觉从没有这样难受过。

阿 妮 塔　我还当是你要告诉我怎样把第五纵队的成员全抓
　　　　　　了呢。

费 利 普　我没有全抓他们，只抓了一个。那是个令人憎恶

的家伙。

[有人敲门，是旅馆的经理]

经　　理　要是打扰了您，我感到很抱歉……

费 利 普　少废话，有什么事儿直说，有女士在这儿呢。

经　　理　我只是想看看有没有什么问题。您知道的，万一
　　　　　您不在或管不了的时候，年轻姑娘们有时会做出
　　　　　一些出格的事情。但最最主要的，是我想用最诚
　　　　　恳、最热烈的词对您的工作表示祝贺，今天晚报
　　　　　上登了，一共逮捕了 300 个第五纵队成员。

费 利 普　哦，都上报了？

经　　理　是的，报上还登出了那些参与了枪杀、蓄意策划
　　　　　暗杀以及私通敌人的被捕者的详细情况和各种
　　　　　趣事。

费 利 普　趣事？什么趣事？

经　　理　不，那是个法语词汇，D－E－L－I－T－S，意思
　　　　　是不法行为①。

费 利 普　哦，你说的这些都上报了？

经　　理　绝对是，费利普先生！

费 利 普　那……跟我有什么关系？

经　　理　嗨，大家都知道您参与了这项活动。

费 利 普　大家？那大家是怎么知道的？

经　　理　[责备地] 费利普先生，这里是马德里。在马德
　　　　　里，人们常常在事情尚未发生时便知道了；而在
　　　　　事情发生后，人们所讨论的往往只是这事儿究竟
　　　　　是怎么干成的。我现在向您祝贺，只不过是想赶
　　　　　在那些不满分子抨击您之前，他们肯定会说"啊

① 经理把这个词读成了英文中的"delights"，意思是"趣事"。

— 107 —

哈，才捉了 300 人！其他的那些呢？"

费 利 普　别太悲观！不过，我想我应该离开了。

经　　理　是的，恰巧我也想到了这点，因此我过来想给您提个小小的建议，希望能有一个完美的结果。如果您离开，把罐头当行李带走显然是没有意义的。

［又有人敲门，是迈克斯进来了］

迈 克 斯　敬礼，同志们！

全　　体　敬礼。

费 利 普　［对经理说］你快走吧，集邮家同志！我们回头再谈你的建议。

迈 克 斯　［冲着费利普，说的是德语］你这两天怎么样？还好吧？

费 利 普　不，不太好。

阿 妮 塔　我可以去洗个澡吗？

费 利 普　当然可以，亲爱的！但要把门关好。

阿 妮 塔　［在浴室里］水是热的，太棒了！

费 利 普　不错，是个好兆头！请关上门。

［阿妮塔关上了浴室的门，迈克斯走到床前，坐在了椅子上］

费 利 普　［从床上坐起，将两条腿耷拉在床边］想喝点什么？

迈 克 斯　不用了，费利普同志。你当时在场吗？

费 利 普　哦，是的。我一直都在那儿，整个过程一点也没落下。你知道的，他们想了解一些情况，非得把我叫回去。

迈 克 斯　他怎么样？

费 利 普　很成功！但是起初每隔一会儿才说出来一点。

迈 克 斯　后来呢?

费 利 普　是的,到最后他很快便说了,甚至连速记员都来不及记。

迈 克 斯　[忽略这些] 报纸上登出了逮捕人的消息,他们为什么要发表这些?

费 利 普　我也很纳闷儿! 我真想去揍他们一顿。

迈 克 斯　他们可能会觉得这对提高士气有帮助,但要是能把所有人都逮住岂不更好! 他们还是搞到了……那具……

费 利 普　哦,对,你是说那具尸体吧? 他们在我们丢下他的那个地方找到了他。安东尼把他放在角落里的一把椅子上,我甚至还为他点了一支烟,真是太好玩儿了! 当然,那支烟很快就熄灭了。

迈 克 斯　我很高兴没有在那儿待下去。

费 利 普　我留下了,后来又走了,但不久又回去了,然后我又走了。他们叫回去,一个小时前我还在那儿,现在总算回来了。今天的任务完成了,没事了,但明天又会有新的任务。

迈 克 斯　说实话,我们的任务完成得真不赖。

费 利 普　是的,这件事我们干得实在漂亮,简直完美。也许网上会有几个破洞,使许多被网住的鱼又跑掉了,但是他们可以重新撒网。但你得把我派到别的地方去,因为了解我的人太多了,我在这儿已经没法工作了。我从没有告诉过谁,可周围的人似乎都知道我在做什么了。

迈 克 斯　有很多地方你可以去,不过这里还有些事情需要你。

费 利 普　我明白,最好能早点让我过去,我在这儿越来越不安了。

迈克斯　隔壁那个姑娘怎么办？

费利普　哦，我会跟她分手。

迈克斯　我没要求你这么做。

费利普　的确，但你早晚会这么做的。你没有理由一直惯着我。看眼下的形势，我们也许会跟他们打上五十年，我肯定会坚持到底，反正我已经报名了。

迈克斯　我跟你一样，报不报名都一样。没必要说得这么悲壮。

费利普　不是悲壮，而是不想欺骗自己。我不愿让任何事情控制我，哪怕只是一部分。但这件事大不一样，它让我非常震撼。我知道该怎么处理。

迈克斯　怎么处理？

费利普　你就瞧好吧，我会处理给你看的。

迈克斯　但是，费利普，请你记住，我是个善良的人！

费利普　哦，是的、是的，这我清楚。有时候真应该让你看看我是如何工作的。

[他们正谈话时，109 房间的门打开了，特洛西·布勒齐思走了进去。她打开灯，脱下外套，披上了银狐披肩。她站在镜子前转动着身体。她今天晚上看起来很美。她走到留声机前，放上去一张玛祖卡舞曲的唱片，然后坐到台灯前的椅子上开始看书]

费利普　是她回来了，那个地方她现在叫它……家。

迈克斯　费利普同志，你完全没必要这样！因为无论如何，她目前还没有妨碍你的工作。

费利普　眼下的确如此，但我已经看到了，你马上也会看到的。

迈 克 斯　当然，跟过去一样，我会让你自己去处理，但别忘了要善良一点。像我们这些经历过恐怖的人，尽量地与人为善是至关重要的。

费 利 普　我也很善良啊，你知道的！放心好了。

迈 克 斯　不，我并不知道你有多善良，但希望如此。

费 利 普　你在这儿等我一会儿，好吗？

　　　　　［费利普走出房间，在 109 房间的房门上敲了几下，然后推开门走了进去］

特 洛 西　你好，我亲爱的！

费 利 普　你好！你怎么样？

特 洛 西　只要你在这儿，我就好，很开心。你去哪儿了？昨晚你整夜都没回来，我很担心；不过看到你平安，我很高兴。

费 利 普　有酒吗？

特 洛 西　有，亲爱的。［她给他倒了一杯加水的威士忌。迈克斯则在另一间屋子里，坐在椅子上直直地瞪着火炉］你到底去哪儿了，费利普？

费 利 普　四处转转，查看一下情况而已。

特 洛 西　那情况怎么样？

费 利 普　有些事情很好，有些没那么好，总之，扯平了。

特 洛 西　那你今晚不用再出去了吧？

费 利 普　我不知道。

特 洛 西　费利普，亲爱的，到底出了什么事情？

费 利 普　没出什么事情。

特 洛 西　费利普，我们一起离开这儿吧！我们实在没必要一直待在这里。我已经连发了三篇文章。我们到圣特罗佩去，雨季还没有开始，况且那边也没有什么游客，我们可以去滑雪。

费利普　[非常痛苦地] 是的，我们还可以去埃及，并在任何一家旅馆里开心地做爱。在接下来的三年里，在一千个美妙的早晨，总共将有一千份早餐用托盘送来；或者在接下来的三个月内有九十份。但不管多少日子，我们要做的只是让对方开心，直到你厌倦了我，或我厌倦了你。当然，我们会住在克里雍和利兹饭店，到了秋天，布洛涅森林的树叶飘落，我们就坐上马车去奥特易看障碍赛。就是这样，接着再去酒吧喝上一杯鲜艳的鸡尾酒，然后再开车回拉罗饭店吃晚饭。到了周末，我们就去索罗涅地区打野鸡。是啊、是啊，就是这样，就这样！我们还要搭飞机去内罗毕或老摩萨的一家俱乐部，去钓萨门鱼。是啊、是啊，就是这样！而且还要天天睡在一张床上。是这样的吗？

特洛西　哦！亲爱的，光想想就让人陶醉！不过你有这么多钱吗？

费利普　从前有，但我后来加入了这个行当。

特洛西　那我们还去圣莫里兹吗？

费利普　圣莫里兹？别那么庸俗好不好！你是想说去基兹厄尔吧，你会在那里遇到迈克尔·艾伦。

特洛西　但你没必要非得跟他见面啊，亲爱的！你完全可以不见他，不过我们真的能做这些事情吗？

费利普　你想这样吗？

特洛西　哦，亲爱的，当然！

费利普　那你愿意到西班牙去吗？在秋天，你可以租一个庄园，只需付一点点狩猎费。而且那里有大群大群的野鹅。还有，你去过拉莫吗？那有长长的白沙滩，沙滩上有三角帆船，你躺在沙滩上，到了晚上，任由来自于棕榈树间的海风吹拂。还有马林迪，怎么样？在那里你可以驾驶冲浪板在海浪中穿梭，那儿的东北季风又凉爽又清新，你甚至不用穿睡衣，晚上也不需要盖被子。你肯定会喜欢马林迪的！

特 洛 西 是的、是的，费利普，我一定会喜欢的！

费 利 普 还有，你到过哈瓦那的无忧宫大酒店吗？在每周六的晚上，你可以在那院子里的棕榈树下尽情地跳舞，你甚至可以光明正大地在那里玩骰子或玩轮盘赌，之后再开车去哈伊曼尼塔斯饭店，赶在太阳冉冉升起时在那里吃早餐。那里的每个人都相互认识，所有人的脸上都带着轻松的笑容。

特 洛 西 那我们现在就去那儿吧？

费 利 普 不可以！

特 洛 西 为什么，费利普？

费 利 普 我们眼下哪儿也不能去。

特 洛 西 为什么，亲爱的？

费 利 普 要是你喜欢，你可以自己去。我来为你制定旅游行程。

特 洛 西 我们为什么不能一起去呢？

费 利 普 我已经去过这些地方了，而且把它们都抛在了身后。我现在要去的地方只能自己去，或者跟一些有着相同理由的人一起去。

特 洛 西 不能带着我吗？

费 利 普 不能！

特 洛 西 为什么我就不能跟你们一起去呢？我可以学习，而且我一点也不害怕。

费 利 普　首先，我也不知道这样的地方在哪里；再者，我不想带你去。

特 洛 西　为什么？

费 利 普　因为你毫无用处！你不学无术，是个大傻瓜，而且还很懒惰。

特 洛 西　你……你怎么可以这样说我？也许你是对的，但我并不是一点用处都没有！

费 利 普　你能有什么用？

特 洛 西　你知道的……你们这群没良心的公狗！［她哭起来］

费 利 普　哦，你说的是那个啊！

特 洛 西　难道我对你就这么一点意义？

费 利 普　这确实是一种有用的东西，一种商品，但人们不该为它付出太大的代价。

特 洛 西　你说我是一种商品？

费 利 普　是的，一种美观的商品，也是我拥有过的最美的商品。

特 洛 西　好吧，你这么说我很高兴，更何况现在还是白天。不过现在，你给我滚出去！你这个自负的醉鬼，你这个荒谬、傲慢的下流痞子！你才是商品，你……你有没有想过，你才是真正的商品，一种根本不该付出太多的商品！

费 利 普　［大笑起来］不，我不是！不过我明白你想表达什么了。

特 洛 西　啊，这就是你！你这完全堕落的商品。你从不在家待着，整夜整夜地在外面鬼混，满身污泥，衣冠不整！你是一种可怕的劣质商品，我只不过喜欢你这件商品的包装而已。就是这样，我很高兴你现在要离开我了。

费 利 普   是吗？

特 洛 西   是的、是的！你就是这样一件商品。但你……干吗要提到那些我们永远也去不了的地方？

费 利 普   非常抱歉！我知道这样很不好。

特 洛 西   哦，你用不着道歉！你的道歉很容易让人想到虚伪。虚伪的人最恐怖，而且你也犯不上在白天提起这些。

费 利 普   我真的很抱歉！

特 洛 西   哦，没必要！你在道歉的时候最差劲了，我实在受不了你，快给我滚出去吧！

费 利 普   那好吧，再见了！〔他伸手去抱她，要亲吻她〕

特 洛 西   别吻我！你吻我之后马上就会扯到商品，我太了解你！〔费利普紧紧抱住她，吻她〕哦，费利普！费利普，费利普……

费 利 普   再见！

特 洛 西   你……你连商品都不要了吗？

费 利 普   我真的承受不起！

特 洛 西   〔从他怀中挣脱出来〕那就走吧！

费 利 普   再见。

特 洛 西   滚吧，赶快滚开吧，滚得越远越好！

    〔费利普走出她的房间，回到自己的房间。迈克斯依然坐在椅子上。在另一间房间，特洛西拉响了呼叫女仆的电铃〕

迈 克 斯   怎么样？

    〔费利普站在那儿呆呆地看着电火炉，迈克斯也对着电火炉出神；而在另一间屋子里，帕塔拉出现了〕

帕 塔 拉　什么事儿，特洛西小姐？［特洛西坐在床上，抬
　　　　　　起了头，泪水就从她的脸颊上流下来。帕塔拉关
　　　　　　切地走到她面前］怎么了，小姐？

特 洛 西　哦，帕塔拉！你说得太对了，他果然是个十足的
　　　　　　坏蛋！他是个坏人，坏人、坏人！而我却像个傻
　　　　　　瓜，还以为能得到他的幸福，真该死！

帕 塔 拉　是啊，小姐，我早说了！

特 洛 西　可是，帕塔拉，要命的是我爱他！
　　　　　　［帕塔拉无奈地杵在特洛西的身边。而在 110 房
　　　　　　间，费利普正站在床头柜前，为自己倒了一杯威
　　　　　　士忌，然后兑上水。］

费 利 普　阿妮塔！

阿 妮 塔　［在浴室里］什么事，费利普？

费 利 普　你怎么还没洗完？该出来了吧！

迈 克 斯　我走了！

费 利 普　别，再等会儿。

迈 克 斯　不、不！拜托了，我得走了！

费 利 普　［用非常干涩的声音泄气地］阿妮塔，水热吗？

阿 妮 塔　［在浴室里］热，我洗得可舒服了！

迈 克 斯　我走了，拜托、拜托！我必须得走了！

- 落幕 -

附录

悼念战死在西班牙的美国人

今晚，这些死去的人沉睡在西班牙冰冷的大地上。洁白的雪花飘过橄榄树丛，飞落到树下。竖着小石碑（如果有石碑的话）的土堆上积满了雪花。寒风中的橄榄树稀稀落落，因为那些低矮的枝条都被砍掉拿去掩蔽坦克了，死者们孤寂地沉睡在哈拉马河上游的山间。那里的二月是寒冷的，他们就在那样的季节死在了那里。从此以后，这些死去的人就再也感受不到季节的变化了。

至今已经过去了两个年头，自从国际纵队林肯支队沿着也拉山地坚守了四个月之后，到如今，第一位死去的美国战士早已成了西班牙土地的一部分。

今晚，这些死者悲戚地沉睡在西班牙大地上，在整个冬季，他们都将寒冷地沉睡在这里，与冰凉的土地躺在一起。但到了春天，雨水会使大地重新温暖起来，南方的风也会温柔地吹过群山，使发黑的树木再次复苏，长出碧绿的叶子；而哈拉马河畔的苹果树也会开满花朵。在这样的季节，这些死去的人必定会为这片土地的复苏而倍感欣慰。

现在，我们的死者已经成了西班牙大地的一部分，而西班牙大地永远不会死亡。尽管在严酷的冬季它会变得死气沉沉，但一旦春天来临，整个大地必将再次生机勃勃；而我们的死者也会因此而重获新生，因为他们早已成了这片大地的一部分。

土地是永远不会死亡的，那些向来追求自由的灵魂也永远不会被奴役。在那块躺着我们死者的土地上辛勤劳作的农民们明白，这些人不会无缘无故地死去。他们在战争里所学到的东西永远不会忘记。

这些死者永远活在西班牙农民、工人和那些有信仰的、并愿为西班牙共和国战斗的最朴实、最诚恳、最善良的人们的心中。只要我们的死者在西班牙大地上沉睡一天，他们就会和这片土地一起存亡，任何一种暴政都休想在西班牙得逞。

法西斯主义也许会在全国蔓延，并用它从其他国家运来的一吨吨钢铁开辟道路。它可以借着叛徒和孬种们的支持而向前推进，甚至可以毁灭城市、农村，并奴役人民，却永远无法使任何一个人心甘情愿地接受它的奴役。

西班牙人民定会再次站立起来，就像他们从前反对暴政时那样。

这些死者根本不需要再站起来，因为他们已是土地的一部分，而土地是永远不会被奴役的。土地可以永远忍受下去，它比一切暴政都要长久。

从来没有谁能够比死在西班牙的那些人更庄严地融入大地，而那些庄严地融入西班牙大地的人们，必将永垂不朽。

西班牙大地

导　　演　尤利思·埃文斯

解　　说　欧内斯特·海明威

摄　　影　约翰·费尔诺

剪　　辑　海伦·凡·冬根

配　　乐　迈克·布里斯坦　维吉尔·汤姆逊

音响效果　欧文·赖斯

发　　行　普罗米修斯制片公司

　　　　　纽约百老汇大街 1600 号

第一本

这是一片干燥坚硬的西班牙大地，在这片大地上辛勤劳作的人们，其面貌也因常年日晒而变得干燥坚硬。

在这片因干旱而失去价值的土地上，一旦有了水便能生产出很多东西。

五十年来，我们一直渴望得到浇灌，却有人不让我们灌溉。

现在，我们要引水灌溉，以便为马德里生产粮食。

夫恩特都纳村①有 1500 人。村民们为了各自的利益耕耘着那片土地。

在这里有上好的面包，上面贴着工会的标签，但它们只能满足本村人消费。如果村里的荒地能够得到有效灌溉，就能生产出数十倍的粮食，当然还有土豆、葡萄酒和洋葱等，可以源源不断地提供给马德里。

该村位于塔霍河畔，塔霍河公路从村旁穿过。这条公路是连接巴伦西亚和马德里的生命线，叛军要想打赢这场战争，就必须切断这条公路。

为了浇灌这片干燥的原野，人们勾画出了一条条水渠。

---

① 该村坐落在马德里以东 40 英里处，1937 年，埃文斯开始在此拍摄农村生活。

第二本

　　这些是正准备加入战争的人们的真实面貌，他们的面貌或许跟你见过的任何面貌都有些不同。

　　在面对死亡时，人们无所畏惧，即使在摄影机面前也不可能作假。

　　在夫恩特都纳村的村民们中悄然传递着一个声音："我们的大炮！"

　　交战双方的接触面呈弧形向北延伸，直通马德里。

　　这些房子眼下已经空无一人，那些在轰炸中没有死掉的人，把它们的门拆下来拿去加固新挖的战壕了。

　　当你在为保卫自己的国家而战斗时，战争便会像吃饭、喝水、睡觉、读报一样，几乎成了你的家常便饭，就像现在这样。

　　人民军队的扩音器音量巨大，足以传到两公里以外的地方。

　　这些人在三个月前开赴前线时，其中有许多人甚至是第一次摸枪，还有一些人根本不知道怎么往步枪里安放子弹。现在，人们正在指导新兵如何把拆卸后的步枪重新组装好。

　　这是在敌人占领大学城之后，马德里城内战线的突出部分，在遭到数次反击后，他们依然占据着贝拉斯科斯宫，就是那座左右各有一栋尖塔的王宫——尽管作为一所战地医院，它早已被炮火摧毁。

　　这位留着胡子的人叫马丁尼斯·得·艾拉贡，是这里的指挥官。内战前，他是一名律师，后来却变成了一位勇敢、卓越的指挥官。他在进攻"田园之家"时不幸阵亡，就在我们拍摄战斗场面的那一天。

叛军执意要解决那所战地医院。

朱立安是来自那个村子的孩子，他给家里写信说，"爸爸，我三天之后回来，请告诉妈妈"。

第三本

　　队伍被集中起来了。集合他们是为了选举出席大会的代表，而召开这次大会是为庆祝所有的民兵组织联合起来，组成新的人民军队。

　　这是西班牙共和军攥紧的拳头。

　　恩里可·利斯特，一个来自利西亚地区的石匠，在参加完六个月的战斗后，从一名普通的士兵晋升成了一个师的指挥官，是共和军最优秀的军官之一。

　　在一次致力于联合所有民兵团队的大会上。

　　恩里可·利斯特：他们组成了统一的国民军，并在马德里保卫战中非常出色地履行了自己的职责，因此这些旅队就像我们光荣的第五旅。现在，同志们，我们发动攻势的时刻终于到了！

　　卡罗斯，第五团的首批指挥官之一。他谈到了人民军队如何为西班牙的民主和自己选举出来的政府而战。

　　卡罗斯：必须坚决顶住，绝不允许他们通过！只有这样，西班牙才会拥有一支强大而不可战胜的军队。在西班牙所有优秀子孙的鲜血灌溉下，在被他们打烂的废墟上，我们将重建一个自由、民主、进步、幸福的西班牙！同志们，第五团不存在了……我们的首都万岁！不可战胜的马德里万岁！人民军队万岁！为了一个强大、幸福的西班牙，为了胜利，前进！向大家致敬！

　　赫塞·蒂亚斯，他每天工作 12 个小时，后来成了西班牙国会的议员。

赫塞·蒂亚斯：我们的军队拥有广泛的民众基础，是真正由人民组成的，是民主的，是由各个反法西斯政党组成的。它富有凝聚力，团结一致，这是获胜的基础。我们唯一需要学习的是如何发扬英雄主义，发扬不怕牺牲的精神！

古斯特夫·瑞各勒，一位来自德国的优秀作家，他到西班牙为他的理想而战。在六个月前，他身受重伤。他称赞了人民军队的团结，在保卫马德里的战斗中，人们铭记住了他们的忠诚和勇气。

古斯特夫·瑞各勒：向我们英勇的第五团战友致敬！我们永远不会忘记你们在保卫马德里的战斗中所表现出来的勇敢和纪律性，也永远忘不了你们的坚强和牺牲。尤其在今天这样的日子里，我由衷地感谢你们组成人民军队的好想法！

此刻，西班牙最著名的女性正在发言，人们称她为"热情之花"。她不是浪漫的美人，也不是"嘉尔曼"①，而是阿斯图里亚斯一个贫穷矿工的妻子，但这位西班牙新女性的发言赢得了人们一阵又一阵的掌声。她谈到了未来崭新的西班牙。那是个地地道道的新国家，富有秩序和勇气，她说这个新国家将由它纪律严明的战士和坚韧不拔的女性共同创造。

"热情之花"：作为人民军队的种子，第五团拥有组织性、纪律性和自我牺牲精神，它必将在伟大的人民军队中发育壮大。现在，我们这支团结统一的军队包含了我们共和国的各种力量，从民兵到年轻的姑娘，他们在前线发出了充满感情的声音。

---

① 法国作家梅里美在同名小说中的女主人公，是一个放任、自由、个性鲜明的吉卜赛人。

于是，我们从前线的一只扩音器里听到了这些声音。

乔·奈法：十二旅的同志们，你们认识我吗？我处在人民军的弟兄们中间，受到了非常好的待遇。这样的待遇也会在前线等着我吗？在被击毁的那栋大楼里，在它的地窖里，住着敌人。他们是一些摩尔人和民防军。他们的确是一些勇敢的部队，否则是无法在那样的绝境下坚持下来的。但他们是一伙反对人民的职业军人。他们企图把军方的意志强加在人民身上，因此我们憎恨他们。如果没有他们的顽固，没有意大利和德国的支援，西班牙的这次叛乱最多用不了六个星期就能结束。

从大学城那边传来一声开炮命令，是用西班牙语发出的：向右两米……发射！

与此同时，总统也在国会上讲话了。

曼奴艾尔·艾萨尼亚总统：他们从不把人民群众放在眼里，悍然向我们发起了攻击。他们藐视西班牙人民为反对专制制度而做出的长期努力。他们没想到广大人民会如此强烈地反对法西斯主义，更没想到人民对于首都的大力支持。此时此刻，就连最小的村庄……

夫恩特都纳村村长：为了更好地保卫马德里，我们必须按时完成任务。我们现在有了机械和设备，那是我们用去年剩余的钱买来的，现在只差水泥了；但那也是马上就能送来的。

阿尔巴公爵的府邸被叛军炸毁，那里藏有大批珍贵的西班牙艺术品，全被政府军和民兵及时地抢救了出来。

这一营的士兵被允许可以休假，朱立安就在这支队伍里，他有三天假期，可以回村探亲，在回家之前，他给他父亲写了一封信：

亲爱的爸爸：

我没有收到您的回信，但还是想再给您写几行字。

我们正利用这平静的几天回村里休假，我大概十点钟到达，请转告妈妈一声。

祝您身体健康！

您的儿子：朱立安

当朱立安再次冲向战场时，人们听到他大声地喊着：爸爸！

第四本

　　凭借着天然的地理优势和人们的坚强保卫，马德里变得越来越坚不可摧。

　　敌人无法攻进这座城市，就千方百计地想摧毁它。

　　这个人本来跟战争没有一丁点关系，他只是个书记员，在早上八点时，他本该走在去办公室的路上，可现在却被人抬走了。不是抬去了他的办公室，也不是抬回了他的家，而是抬向了墓地。

　　政府要求所有平民一律撤出马德里。

　　可他们能去哪儿呢？哪里能供他们居住？哪里能给他们工作机会？

　　"我老了，我不走！但千万别让孩子们再去街上了，除非需要他们排队。"

　　由于炮击的缘故，招募新兵的工作突然加速了。每一次毫无缘由的杀戮都会激怒民众，促使各行各业的男人们报名参加共和军。

　　朱立安终于搭上了一辆空卡车，他到家的时间比预期的还要早。

第五本

　　村里的男孩儿们从地里回到家后，开始接受朱立安的操练。

　　与此同时，在马德里城内，一支突击队也正在操练，队伍里有斗牛士、足球队员和普通市民。

　　他们彼此给对方说再见。这个古老的道别用语在所有语言里，几乎表达了相同的情感。她说她会等他；他说他会回来。他知道她会等他，但在这样的炮火中，鬼才知道将会发生什么。照顾好孩子，他说。我会的，她回答。尽管明明知道，单单一个母亲是不可能照顾好孩子的，但人家把你用车送出去就是为打仗的，有什么法子呢？

　　死神每天都会光临这座倒霉的城市，那是叛军从两英里外的山间送来的。

　　死亡的气味是从烈性炸药的刺鼻浓烟和被炸毁的花岗石建筑中发散出来的。

　　人们为什么不走？因为这是他们的城市，这里有他们的家。他们在这里工作、生活，他们必须为它而战斗。

　　男孩儿们到处跑着寻找炮弹碎片，就像他们从前收集冰雹粒一样。于是，下一发炮弹击中了他们。德国炮兵已经明显增加了各个炮队的发射量。

　　以前，死神一般都降临在老人和病人头上，但今天，死神降临了整个村庄。它们在高空披着闪闪的银装，追逐着那些无处可逃、无处藏身的人们。

这是三架德国容克式飞机干下的事情。

但政府军的驱逐机干掉了其中的一架。

我也看不懂德文①。

画面上的这些死人来自于另一个国家。俘虏们说，他们本来是签约要去埃塞俄比亚工作的。死人无法开口讲话，不过我们可以阅读他们生前所写的信，一切便真相大白了。据统计，在布里韦加战役中，意大利死亡、受伤、失踪的人数，比在整个埃塞俄比亚战争中死亡的都要多。

---

① 此时的画面是印有德文"drucken"字样的降落伞。

第六本

叛军又一次突袭了马德里至巴伦西亚的公路。他们越过哈拉马河，企图占领阿尔甘大桥。

从北方紧急调来了部队，打算粉碎他们的阴谋。

在夫恩特都纳村，大家正努力地把水引来。

他们抵达了巴伦西亚公路。

步兵们在出击。要想用摄影机拍下他们的推进过程，那真得看运气了。这是一种缓慢的、沉重的、毫不吸引人的推进行动。所有的战士被分成了一个个梯队，每队六个人。他们处在极其紧张和孤寂中，在进行所谓的接触行动。在那种形势下，每个人都只知道有自己和另外的五个人的情况，可他所面临的，却是一大片神秘的未知领域。

这场战斗的所有准备工作都是为了这一时刻。六个人穿越一片土地，最终迈向了死亡。而他们的出现就是为了证明这块土地是属于他们的。六个人变成了五个，接着变成了四个、三个、两个……但最后那个人勇敢地坚持了下来。他挖了战壕，守住了阵地，和他们其他小队的人——有的剩下了四个人，有的剩下了三个人——共同守住了那座大桥。

公路安全了。

这样，他们便可以生产更多的粮食，或运来更多的粮食。

这些只需要工作和食物，却从没有经受过战争洗礼，也从没有接受过军事训练的人们，将会继续战斗下去。

后记

热与冷

欧内斯特·海明威著

转载自《活力》杂志

终于尘埃落定，你看到了一部电影。你在银幕上观看它，听着各种声音和音乐；你还听到了自己之前从来没有听到过的声音，那是你在黑暗的放映室里或者炎热的旅馆里匆匆写在纸上的话。但你在银幕上看到的活动影像，却跟你脑海中的印象不大相同。

你印象中的第一件事是天非常冷，而你又必须起得很早，因此总是一副睡眠不足的样子，好像随时都有可能再睡过去。汽油很难弄到，而且我们一直都觉得很饿。路也非常难走，遇到下雨天更是泥泞不堪，我们的司机却很胆小。当然，这些在银幕上是看不到的，你只能从影片人物鼻孔里呼出的气息判断天气究竟有多么冷。

我至今仍记得，在我父母工作服式的夹克衫口袋里经常装着洋葱，他们什么时候觉得饿了就会拿出来吃。尤利思·埃文斯和约翰·费尔诺对此很反感。他们无论怎么饿也不会去吃生的西班牙洋葱，这大概跟他们是荷兰人有关。不过他们总是用银制的大扁酒瓶装威士忌，一般到下午四点时，一瓶酒就会被他们干光。

因此我们发现，我们每天都得带一瓶酒把他们的扁酒瓶灌满；而华纳·海尔博伦则是我们的另一大发现。

海尔博伦是国际纵队第十二旅的军医，自从我们认识后，总能从他那里弄到汽油。通常情况下，我们只需开车去一趟纵队医院，然后好好地吃一顿，汽油便加满了。他总会安排好一切，他为我们提供交通工具，带我们去拍摄进攻的场面；而在拍摄过程中，我印象最深的是海尔博伦咧着嘴笑的样子，还有他外戴着帽子，以及说话时慢条斯理、惹人发笑的犹太人一般的腔调。要是我晚上从别的地方返回马德里，在车里睡着了，海尔博伦就会吩咐司机路易斯抄近路去一趟莫拉来哈的医院，等到我醒来时就会看到那座古堡的大门，于是在凌晨三点，我们便能吃上一顿热饭。之后，等我们所有人都睡熟了，海尔博伦便会投入工作。他的工作非常出色，工作起来既严谨又不遗余力，而他的表情却总是懒洋洋的，好像什么都没做似的。

就我个人来说，那段时光，片子的主角是海尔博伦，只是他并没有出现在影片中。眼下，他和路易斯都葬在了巴伦西亚。

古斯特夫·瑞各勒在影片中露过面，你见识过他的演讲。

那是一次很好的演讲。你后来应该还见过他一次，那不是在演讲台前，而是在炮火纷飞的前线。他当时非常的平静，非常轻松。他是一位出色的指挥官，当时正在指挥他的部队反攻前方不远处的一个目标。在这部影片中，瑞各勒是一位值得记住的主角。

路卡契在影片中只出现了几个镜头，当时他正率领第十二旅在阿尔甘大公路一线进行战略部署。你没机会看到在五月一日的深夜，他在莫拉来哈的盛大晚会上的演奏。当时，他是咬着一支铅笔演奏的，乐声很轻柔，像是用一支笛子吹出来的。而在影片中，你只看到了路卡契的工作情况。

以上是影片中关于冷的部分，现在我想说说它的热。对这部分我当然记忆犹新，那是你扛着摄影机到处奔跑，一边流汗，一边还要在光秃秃的小山凹藏身的切身感受。你的鼻子里、头发里、眼睛里到处都是土，你总是非常渴，很想喝水，嘴巴很干。只有在战场上才会有这样的体验。你年轻时曾经稍微经历过战争的洗礼，知道埃文斯和费尔诺如果再坚持下去会死掉的，因为他们面临巨大危险。出于道德因素，你必须弄清楚，你劝阻他们究竟是应该根据自己的经验而做出合理建议，还是应该像被烫过的猴子那样，从此就再也不敢碰热汤了。我清晰地记得影片中的那个部分全是汗水、干渴和随着风而来的尘土；我认为影片多少表现出了当时的情况。

现在，一切都成了历史。当你坐在电影院里，音乐突然响起，然后看到一辆坦克不可一世地碾压过来时，你尘封的记忆会被重新激活，而你的嘴巴便又开始发干。年轻时你非常在乎死亡，现在却一点也不在乎了，只会因为它夺走了众多的生命而憎恶它而已。

当然，在战争中，死亡仍是一件糟糕的事情。至于你是憎恶还是害怕，已无关紧要。但要是你将这些讲给海尔博伦听，他准会咧开嘴笑笑。还有路卡契，他也会理解你。因此，如果不介意的话，我是不会再去看《西班牙大地》的。我也不会再去写有关它的文字。我实在没有必要再写了，因为我当时就在那儿。然而，假如你那会儿并不在那里，那你就应该去看看这部《西班牙大地》。